ISBN-13: 978-2-940611-09-6

R2

Commandes en ligne

Alex de Kyburg

LES INVISIBLES

12 nouvelles

Avant-propos

J'ai entendu dire que la nouvelle est un premier pas vers le roman... Or, il se trouve que cela peut souvent provoquer l'inverse.

En effet, en écrivant un texte de longue haleine, une myriade d'idées surgissent et, même s'il n'existe parfois que très peu de rapport avec le sujet d'un roman, cette inventivité crée d'innombrables pistes susceptibles d'être suivies à l'infini.

Ainsi peuvent naître des récits de tous genres et de toutes teneurs. Ces histoires seront légères pour les unes... Ou lourdes de symbolique pour d'autres.

Trouvez, dans ce recueil une poignée de ces surgeons qui m'auront suffisamment titillé les neurones, et aussi le cœur, pour me décider à les mettre en forme.

Davantage d'allégories vont encore éclore par la suite, sans doute. Quelques-unes sont même en passe de s'allonger... En roman!

Bonne lecture.

Alex de Kyburg

Remerciements

Chères amies et chers amis, relectrices et relecteurs,

Vous ne devinerez jamais à quel point il est réconfortant de pouvoir compter sur votre précieuse attention!

1

Visite surprise

En ronchonnant, j'atteins l'entrée. Qui peut venir m'ennuyer comme ceci en fin de matinée?

Le verre dépoli révèle une personne, vêtue de façon très colorée, debout sur le perron.

À l'ouverture de la porte, ma première vision est confirmée.

— Hum! Je vous préviens tout de suite : je n'achète rien au porte-à-porte. Et si vous êtes membre d'une quelconque secte, ou que vous faites une tournée de sondage, c'est pareil! Au revoir, et bonne journée!

Je m'apprête à refermer, mais la jeune femme insiste :

—Hello! Bonjour, je suis votre nièce de Talaconouba. Veuillez me pardonner de sonner ainsi à votre porte, mais je voyage de lieu en lieu à la recherche des membres de ma lignée.

Je fronce des sourcils, car de nos jours les arnaques pleuvent comme mousson.

— Heu! Mademoiselle, ce que vous me dites est certes intéressant, mais je ne vous connais pas, et je ne crois pas avoir de liens familiaux à Talaconouba.

La jeunette change de mine, baisse les yeux et semble se ratatiner.

— Ah, bon. Et bien, excusez-moi de vous avoir dérangé. C'est dommage, parce que vous devriez figurer sur une branche assez importante de l'arbre.

Elle a déjà entamé le mouvement de se retourner, quand je l'interroge :

— Comment cela? De quelle "branche d'arbre" parlez-vous?

Elle se redresse un peu et me refait face.

— Celle des ramifications généalogiques de la famille Thornwald et Grandmur, vous êtes bien Albert Grandmur, originaire du Vallauriez... ou me serais-je trompé de racine?

Midi moins dix sonne au clocher. Nous sommes là, debout sur le pas de ma porte, et j'hésite à donner suite à cette rencontre. Si c'est une filouterie, elle a l'air bien montée, ce qui m'intrigue. Je doute. Je me tâte. Je vais peut-être le regretter... néanmoins, je confirme :

— Si, si... je suis bien le "Albert Vallauriez" qui figure sur mes papiers. Heu! Écoutez mademoiselle, comme il est l'heure de manger, êtes-vous d'accord que nous partagions mes raviolis. Vous avez peut-être faim, et votre histoire commence à m'intriguer. Par contre, ne comptez pas sur moi pour vous donner de l'argent en échange de renseignements fumeux.

— Oh! Non, vraiment, il n'est pas question de payer quoi que ce soit! J'accepte volontiers votre invitation. J'ai beaucoup marché et j'ai assez faim, je dois dire. Ainsi je pourrai vous montrer mes travaux. C'est inespéré, vous savez. Une cousine potentielle m'a refoulée sans ménagement hier soir, alors que j'aimerais pouvoir compléter mes recherches au plus vite.

— Alors, entrez, s'il vous plaît.

Elle s'exécute, mais s'arrête dans le couloir dès que j'ai fermé la porte, dans une attitude quasi religieuse. Sa tête tourne dans tous les sens, comme si ses yeux scannaient les moindres détails. Puis, comme dans un rêve, et avec une voix presque chuchotante, elle raconte :

— Je suis une Thornwald. Pardonnez-moi, je suis Elodie Brume Thornwald, étudiante en anthropologie et philosophie, et j'ai pris une année sabbatique pour approfondir certains sujets. C'est tout à fait par hasard que je suis tombée sur de très anciens textes traitant de l'histoire de ma famille. Certains des manuscrits, trouvés dans une malle perdue au fond du galetas de ma grand-mère, sont même écrits à la plume, par de lointains aïeux!

D'un geste, je l'interromps. Ce moulin à parole est prêt à me raconter tous les détails de sa descendance, alors que mon estomac réclame un minimum de respect. De plus, si cette fille n'est pas comédienne, elle en aurait le don. Même si tout ceci se révèle n'être qu'un tas d'élucubrations, j'aurai passé quelques intéressantes minutes à suivre ses boniments!

— Attendez, mademoiselle Élodie, vous pourrez continuer votre histoire tout en mangeant. À vous entendre, il faut prendre des forces. Mon cerveau a besoin d'être nourri, pour mieux vous écouter.

Elle m'accompagne dans la cuisine, d'une main, je tire une chaise, et de l'autre je l'invite à s'asseoir. Ce qu'elle fait immédiatement après avoir retiré son sac à dos.

— Eh, bien! On pourrait croire que vous êtes en route pour faire le tour du monde, à en juger par votre bagage!

Elle sourit timidement.

— Donc, vous disiez être une "Sorland"?

— Hi, hi! Une Thornwald, monsieur. Mais, mes ancêtres n'ont pas toujours porté ce nom. Au moyen âge, le seigneur des lieux avait affublé — d'autorité et selon sa fantaisie —, toutes sortes de patronymes à ses vassaux. Trois frères, adultes, furent inscrits en fonction de leurs métiers, puisque leurs parents étaient morts sans avoir été répertoriés. L'aîné était un habile constructeur. Par conséquent, le châtelain l'appela Grandmur. Il devint ainsi la racine de votre arbre. Le deuxième était forgeron et fut nommé Flammfer. Enfin, le troisième, cultivateur — celui qui est à l'origine de ma lignée —, a été le premier Orgesac…

Face à la jeune voyageuse, j'écarquille les yeux :

— Vous venez de me dire que vous vous appeliez "Thornwald"! Non?

— Oui, c'est bien cela. Mais, je dois admettre que mon arbre est nettement plus tordu que celui des autres! S'il n'y avait eu ces vieux documents découverts chez ma grand-mère, je ne m'en serais jamais doutée.

En fait, le contexte social a été plutôt tourmenté durant plusieurs siècles. Sur deux générations, plusieurs Orgesac ont trépassé sur le bûcher pour sorcellerie. Il faut dire qu'ils s'y connaissaient en plantes médicinales. Leur descendance a dû fuir, et ses membres sont devenus les Sacregloire. Tout est bien allé pour eux jusqu'à une guerre des religions particulièrement mortifère. Une fois de plus, hommes, femmes et enfants ont été obligés de trouver un nouveau refuge pour se protéger de la folie des populations. Ils sont allés vivre dans une sylve délaissée, parce qu'envahie de ronces. Là, on les a longtemps laissés tranquilles. Ils y ont survécu avec brio, car les mûres poussaient à profusion, les champignons comestibles également. Ils se sont mis à cultiver des légumes dans une clairière. Pour eux, c'était un véritable paradis.

Mais un jour, des fantassins de l'Empire ont traversé la forêt et se sont arrêtés au logis des "sauvages", comme ils ont appelé mes ancêtres. Ils ont mangé, bu, violé la fille aînée et leur mère aussi. Quand ils sont repartis, la famille aurait pu croire que tout rentrerait dans l'ordre. Or, moins d'une année après, d'autres soldats sont revenus, accompagnés d'un notable chargé de faire l'inventaire des biens et d'inscrire les habitants dans un "registre national". Comme mon aïeul ne voulait pas mentionner le nom de Sacregloire, puisque celui-ci nous avait déjà causé suffisamment de tort, il improvisa. Deux générations avaient vécu dans la "forêt aux épines" : Thornwald serait donc le nouveau patronyme. C'est à cette époque que fut planté le premier arbre de ce nom!

Pendant son discours, j'ai ouvert une double boîte de conserve et fait chauffer le contenu dans une poêle. Assiettes à soupe remplies et cuillers posées sur la table, je me suis assis face à elle. Nous avons entamé nos rations. La jeune femme a attaqué sa nourriture comme si elle n'avait plus mangé depuis des jours.

Je me penche en arrière et m'appuie sur le dossier de ma chaise.

— Bon sang! Quelle histoire! J'ignore si vous êtes une aventurière qui paye son voyage en racontant de délirantes épopées aux gens qu'elle alpague. Mais quoi qu'il en soit, vous avez largement mérité votre portion de raviolis. À ce propos, en voulez-vous encore une ou deux cuillers?

— Non merci, c'est gentil. Il est vrai que cette partie-là de ma généalogie est la plus pimentée. Quoi que, deux ou trois autres anecdotes émaillent également le siècle qui vient de s'écouler.

— Si je vous suis bien, il s'agit d'une parenté extrêmement éloignée. Les premiers Orgesac et Grandmur étaient frères au moyen âge. Ça remonte à Mathusalem!

12

— Pas tout à fait. Si c'était le cas, je n'aurais pas eu la place de tout dessiner sur une seule feuille A2!

— Et les Grandmur, ont-ils connu de pareilles péripéties? Élodie me paraît un peu gênée.

— À vrai dire : non. Vos ancêtres ont depuis toujours été très consensuels. Sans faire de vagues, ils sont parvenus à traverser toutes les crises, les invasions et les changements de régime avec un art consommé de la discrétion. Notez, ne pas laisser trop de traces est aussi une prouesse que l'on pourrait, d'un certain point de vue, considérer comme héroïque. Autant mes aïeux ont été mêlés à la tourmente ambiante, autant votre famille a su s'en sortir en évitant les écueils.

— Présenté comme ceci, c'est presque un compliment. Mais en réalité, je ne fais que reproduire le schéma terne d'un ADN dévoué à la médiocrité!

Mes deux paumes quittent la table pour faire obstacle à toute réplique, et je continue :

— Il faut bien le dire : je vis ma petite vie sans histoire. Dans ma lignée, que je sache, jamais personne n'a été sorcier, pirate, ni preux chevalier. Je fais partie d'une famille qui n'a jamais eu à faire appel à un notaire, à aucun moment. Sans être pauvre, personne, tout au long des générations, n'a connu la richesse, l'exubérance, les grandes soirées, ni les voyages au long cours. Même les mariages et les enterrements ont été d'une discrétion, voire d'une banalité quasi inimitable! En cet instant, je me rends compte que l'idée seule de faire quelque chose d'extraordinaire ne m'a jamais effleurée. Pouvez-vous concevoir une chose pareille, vous qui avez une parenté si pleine d'histoire?

— Consolez-vous en ayant appris que vous êtes mon oncle au huit ou neuvième degré! Allez, gardez le moral. N'auriez-vous… ou devrais-je dire : n'aurais-tu pas un peu de vin, pour que nous fêtions ces retrouvailles avec plus d'avenants? N'est-il pas temps d'émerger de la grisaille?

Un déclic se produit : la terne nature de mon existence n'est pas une fatalité… ou du moins, je n'ai pas à la traîner jusqu'à ma mort!

Sans un mot, je me lève, sors deux verres de l'étagère du

haut de l'armoire, et une bouteille du bas. Je pose le tout et m'assois.

— Ta forte personnalité va sonner le glas de ce cru. J'espère que nous n'en serons pas déçus, car j'en ignore la qualité. C'est un flacon à capsule, ce qui jette un doute!

— Il y a de bons vins sans bouchon, aussi!

L'ambiance est devenue inhabituellement agréable, dans une maison dont les murs inspirent plutôt l'ennui. Je remplis nos coupes. Il me vient une phrase cocasse, avant même d'avoir bu la première goutte :

— À la santé du chevalier de Grandmur, et à toute sa descendance!

Élodie entre dans mon jeu :

— À la santé du chevalier Albert de Grandmur, à ses descendants et ceux de sa fratrie : ventre-saint-gris!

Nous rions encore de bon cœur quand ma "nièce" sort son rouleau généalogique du tube en carton qui dépasse de son sac à dos.

— Attends, Élodie! Pas de sottise : je vais d'abord débarrasser et nettoyer la surface. Il serait dommage de salir ton travail!

Ceci fait, la demoiselle étale son ouvrage sur le plateau. Je suis impressionné.

— Hum! C'est joliment exécuté tout ça! Tu as aussi colorié les feuilles et peint les troncs avec des détails. C'est vraiment très beau! En plus, il y a toute une foule de noms, là-dessus… même le mien…

C'est presque la larme à l'œil que je regarde la jeune femme de l'autre côté de la table. J'en suis maintenant persuadé : Élodie n'est pas une arnaqueuse à la petite semaine. Elle est bel et bien comparable à une branche fleurie sur un arbre rempli de révélations.

Une chose me frappe, cependant, il y a des patronymes inscrits sur des surgeons qui n'existent pas. Néa, Tilod, Milany… Des gens qui me sont étrangers, et qui ne devraient pas être là. Et il y a autre chose : Élodie figure sur une feuille qui part très loin, au bout d'un rameau qui rejoint la marge gauche du dessin.

— Qui sont Néa, Tilod et Milany? Je ne les connais pas.
— Pas encore, non, en effet. Mais ça viendra.

Cette réponse me laisse perplexe. Sur le rebord de l'armoire, je remarque nos verres vides. J'en profite pour me lever. Nous éclusons la bouteille dans un partage équitable. Il est possible que l'alcool soit partiellement responsable de ma lenteur d'esprit, car il y a évidemment des choses que je ne comprends pas. Cependant, cette légère ivresse privilégie une forme d'humilité : tant pis si je n'arrive pas à tout saisir, ça n'est pas grave!

L'absorption d'un grand verre de vin prend tout son sens thérapeutique dans les minutes qui suivent. Car, sans l'excuse d'une anesthésie cervicale, je me demande comment j'aurais réagi.

Élodie, pose un index sur la carte, à l'endroit où la branche des Grandmur quitte le tronc... et une luminescence naît sous son doigt! Puis, très lentement, des filaments dorés longent des veines du bois. Une à une, les feuilles portant les noms de mes présumés ancêtres se mettent à briller comme des lucioles. Fasciné par la progression du phénomène, je reste sans voix. Quand les fibres incandescentes atteignent mon étiquette, je retiens mon souffle. Mais dès que la magie a englobé mon patronyme, elle cesse son avancée.

J'en ai un hoquet. Tout en reprenant une respiration régulière, je tourne un regard interrogateur vers Élodie.

Elle sourit.

— Oui, c'est normal que cela s'arrête là : le charme ne dépasse pas le présent. Ce qui suit est une musique d'avenir.

— Mais, mais... ces noms sont étranges, et je ne vois pas comment je pourrais avoir de la descendance sans l'existence d'une compagne!

La jeune femme réagit comme si je lui avais raconté la meilleure blague du siècle. Elle se renverse dans sa chaise au point de presque chuter en arrière, et éclate de rire en se tapant sur les cuisses.

— Ha! Haa! Haaa!

Mais elle se reprend assez vite :

— Mon cher oncle, pourquoi crois-tu que je suis venue?

— Mais!...

— Je suis sûre que tu n'as rien prévu pour cet après-midi. Alors, mets tes meilleures chaussures de marche et sors avec moi : j'ai un truc à te montrer!

Totalement dépassé par la tournure que prend la journée, j'obtempère.

À peine sommes-nous arrivés dans l'allée qui jouxte l'angle de la deuxième villa après la mienne, qu'immédiatement un certain nombre de détails m'interpellent. Il semblerait que plusieurs de mes voisins aient entrepris de modifier leurs haies, ou la couleur de leurs volets. Je hausse les épaules, car il se peut bien qu'ils se soient concertés entre eux. Ça les regarde.

Élodie tourne à gauche, dans un nouveau chemin de promenade. Là, je trouve que la commune aurait pu prévenir la population, car les transformations sont importantes! Mais après une vingtaine de mètres, je m'arrête net.

— Hey! Stop! Il y a quelque chose qui ne joue pas! Normalement, cette allée devrait se terminer ici, bloquée par l'immeuble résidentiel. Qu'est-ce qui se passe?

Ma mystérieuse cousine revient sur ses pas pour me prendre le bras. Et avec un grand sourire, elle m'annonce :

— Là où je t'emmène, rien n'est comme ce que tu connais.

2

Flic flac, il pleut.

Rien n'est plus pénible que le train-train d'un bureau. Depuis que la surveillance caméra s'est généralisée, mon métier a changé du tout au tout. Ça n'était pas comme ça, au début! On sortait sur le terrain. On pourchassait les vilains pas beaux et eux, ils cavalaient tout ce qu'ils pouvaient. Il y avait de l'adrénaline, de la motivation.

Mais, maintenant, les voyous se font attraper à peine quelques minutes après avoir commis leur larcin. Dzick! Une petite photo... et tsack! une patrouille cueille le malfrat dès qu'il passe le coin de la rue.

C'est é-cœu-rant!

À se demander pourquoi ce poste de police existe encore. Le gobelet de café dans une main, j'atteins mon bureau et y jette le sachet de mon casse-croûte. Mes trois collègues glandeurs sont déjà installés, les pieds croisés sur le rebord d'un pupitre. Leur seul boulot consiste à mâchouiller un sandwich, en me regardant arriver et m'asseoir comme eux. Je suis sur le point de compléter le rituel, et passer ma journée ainsi, lorsque, à la surprise générale, mon téléphone sonne.

Il est vrai que je suis supposé être le commissaire en ces lieux, je n'en reste pas moins pétrifié d'étonnement. La surface désespérément rangée et vierge de toute paperasse devient presque méconnaissable, une terra incognita en quelque sorte, avec cet appareil de communication vieillot — car on ne renouvelle pas le matériel quand il ne sert plus à rien — qui crépite comme un dément. Nous voici tous suspendus dans une scène hitchcockienne, nos regards braqués sur l'engin hystérique occupant en maître le plateau dénudé de ma "place de travail". Ça sonne toujours. Ça ne s'arrête pas! Mais je me reprends... — à moins qu'il ne s'agisse qu'un retour de mes anciens réflexes — et porte l'écouteur à l'oreille sans me faire d'illusions.

Ce doit être une simple erreur de numéro, ou un cadre supérieur de l'administration qui va m'annoncer que nous pourrons tous remballer nos maigres affaires et fermer boutique.

La voix, au bout du fil, est terriblement fébrile. Je ne me suis que partiellement trompé : c'est bien le secrétaire de la mairie qui appelle... mais le ton empressé qu'il peine à contrôler m'arrache plutôt un sourire. Sans détour ni préambule, il lâche :

— Combien êtes-vous au poste?

— Quatre, pourquoi?

Alertés, mes trois collègues se lèvent pour se placer derrière moi, pendant que l'employé de nos maîtres et seigneurs continue :

— Nous avons un gros problème de sécurité! On nous signale une série de vols inexplicables, car suivis d'un délit de fuite totalement impossible. Je vous envoie les images prises par les douze caméras de la zone F8, G8 et G9. Vous constaterez que l'alarme s'enclenche, mais ne dure que quelques secondes avant de s'éteindre sans raison apparente, puisque personne n'a été intercepté.

Un soupir m'échappe, en même temps, je me permets d'interrompre mon interlocuteur. J'adopte un ton sciemment narquois :

— Bon! Il semble qu'il y ait une panne dans le système informatique de notre surveillance parfaite. Alors, que désirez-vous de nous? Personne, ici, n'est technicien, vous êtes au courant?

— Écoutez, ce n'est le moment ni de jouer les revanchards ni les cyniques. Vous êtes des hommes et des femmes de terrain. Comme vous le savez, notre maire se fait un point d'honneur de respecter ses promesses. Il tient à la sécurité de ses concitoyens — dans ma tête, je me dis : et à celle de sa position privilégiée! — Par conséquent, vous allez contrôler la situation de visu.

L'appareil en main, j'observe la mine de mes camarades, avant de répondre :

— Maintenant... juste pour un vol isolé, et qui s'est produit il y a plus d'une demi-heure?

L'autre se fâche :

— Oui, maintenant! Parce qu'il n'y a pas qu'un brigandage, que ça continue, et que tout cela se passe encore dans le même quartier! Allez-y tout de suite... et armés!

On me raccroche au nez.

Je me retourne souriant... avec le rictus méchant du policier prédateur se réjouissant d'une partie de chasse.

— Alors, Jordan et Abigaëlle, vous filez en zone G9 pour garder les arrières. Cécile et moi partons en F8. Nous resterons d'abord en observation, pendant une demi-heure, à chaque bout de la Grand-rue. Ensuite, à mon signal, nous nous rejoindrons au milieu, après avoir inspecté les venelles latérales. C'est un coin facile, il n'y a que des culs-de-sac dans le centre. Si tout va bien, nous finirons la soirée chez Georgette! Allez, comme au bon vieux temps : on passe à l'action!

Ce que nous ne soupçonnions pas, c'est que cette soirée ne serait que le début d'une bien drôle d'affaire!

À quoi reconnaît-on un bon flic? Simple : à son intuition! Et à cette première sortie de patrouille, comme prévu, il ne s'est strictement rien produit et nous nous sommes retrouvés, tous les quatre, autour d'une bière chez Georgette.

Mais, attendez : c'est après que cela se corse!

Nous voici au troisième jour. Je viens de reposer le téléphone sur un bureau encombré de copies d'images de surveillance, de dossiers de suspects, et je fais la grimace. J'ai plusieurs bonnes raisons d'avoir mauvaise mine. De une : les vols continuent pratiquement sous nos nez. De deux : le secrétaire du maire a bien trouvé sur qui déverser l'humeur massacrante de son chef. J'hésite donc à passer trop de temps au poste. À ceci s'ajoutent mes insomnies. Je n'arrive pas à comprendre le modus operandi de ces salopards. Du coup, je ne dors plus! Bon sang! J'ai toujours résolu les affaires dont j'ai été chargé. C'est mon travail de flic : je dois attraper un voleur quand il y en a un.

Au début, j'ai cru devoir lutter contre une bande de huit ou neuf voyous, mais les descriptions de témoins diffèrent.

Bizarrement, les agressions se font sans précaution. Pourtant chaque fois qu'un bandit pourrait être pris sur le fait, il nous file systématiquement entre les doigts.

Ce devrait être un cas des plus simples. Normalement, on cumule les indices, on établit un portrait-robot et on procède à des recoupements comportementaux. En deux temps et trois mouvements, le type est choppé, et l'affaire est dans le sac! Or, tout va de travers. On nage en plein cauchemar. Quant aux témoins, on dirait qu'ils le font exprès : ils doivent tous être bourrés, ou camés. Abigaëlle ne sait plus où empiler les fiches descriptives. En plus des visages, statures et genres bien observés et rapportés, indiquent que nous avons à démanteler un véritable bataillon de gangsters. Or, les empreintes digitales laissées sur les lieux des forfaits sont particulièrement atypiques. Elles le sont d'autant plus qu'elles sont rigoureusement identiques d'une scène de vol aux autres! Je songe à des gants trafiqués, car il est impossible de semer un bordel pareil en étant un seul bandit.

J'en rage, jusqu'au moment où Jordan me tire devant la carte des zones F et G, collée au panneau d'enquête. Mon collègue, tout en me désignant deux nouvelles infractions, met le doigt sur le cœur du problème. C'est tout à fait involontaire de sa part, puisque qu'avec son tremblement dû à une hypoglycémie passagère et son cerveau plutôt préoccupé par sa boulimie chronique est à des lieux d'analyser autre chose qu'une carte de menus. Mais, c'est plus ma subite illumination que ma réflexion au sujet de Jordan, qui me fait éclater de rire.

— Eh, tout le monde! Je pense avoir une piste! Il faut le voir pour y croire. Abigaëlle, lâche tes fiches et viens aussi!

Nous voici groupés devant le tableau.

— Regardez un peu... Ne remarquez-vous rien de très intéressant?

C'est la dernière arrivée qui se lance :

— On dirait que les voleurs suivent un itinéraire, mais n'agissent pratiquement jamais deux fois aux mêmes endroits... sauf ici, et là.

— Exactement, chère collègue! Ça saute pourtant aux yeux. Comment ne l'ai-je pas déjà vu avant? Bref. Le plus important est de réaliser que malgré cette régularité, et bien qu'aucune panne technique n'a été signalée, on n'aperçoit personne parcourir cet itinéraire de bout en bout. Mais, on le devrait, puisque ce sont bien des incidents fâcheux à répétition qui ont tracé cette ligne.

Jordan fait la grimace :

— On a vérifié tous les regards et les scellées de tous les couvercles menant aux tunnels des égouts. C'est impossible qu'ils aient pu filer par en-dessous !

Cécile réagit :

— Alors, ce sont des passe-murailles ! Ou, nous avons affaire à des spécialistes en camouflage...

Jordan l'interrompt :

— Ne pourraient-ils pas simplement hacker les caméras, les bloquer sur une petite boucle d'images ?

Je reprends la main :

— Non, non, Jordan. Avec tout le reste des mouvements, les anomalies se remarqueraient par des scènes répétitives ou asynchrones. Je penche plutôt vers la suggestion de Cécile, et j'irai même plus loin. Il ne faut plus chercher à voir le ou les voleurs, mais les traces au sol, les ombres inhabituelles, ou mieux : suivre les bruits. Abigaëlle, descends donc à la réserve, et apporte-nous quelques micros paraboliques. Je sens que la chance va tourner. Demain, nous allons nous amuser !

Une atmosphère d'autosatisfaction commence à s'installer dans la place. Mais c'est précisément au moment où tout semble devenir lumineux et dégagé que l'oiseau de mauvais augure vient tout gâcher.

J'aurais dû m'y attendre. Lassé par les coups de téléphone répétés provenant de la mairie, j'ai tout bonnement éteint tous les combinés du poste. Voici donc le secrétaire municipal qui débarque en personne.

— Nom de dieu, qu'est-ce que vous foutez ?

Un regard circulaire sur les bureaux suffit à lui éclairer sa lanterne :

— Vous avez débranché vos appareils ? Ça frise l'insubordination et la faute professionnelle grave ! Et cela vous rend tout guillerets, on dirait. Et bien, vous allez continuer de rigoler... mais en service de nuit. Pas question de finir la journée et tranquillement vaquer à une quelconque vie privée, ce soir! Il y a eu huit plaintes, rien que cette dernière heure où vous vous êtes mis en black-out.

J'entends Jordan pousser un "merde!" entre les dents.

Abigaëlle remonte justement du stock, les bras chargés des gadgets que je lui ai demandés. Le secrétaire se retourne étonné.

— Qu'est-ce que ce bazar? J'espère que vous ne préparez pas une soirée dansante dans votre office!

Je ris, mais pas trop fort.

— Nous avons un plan prometteur. Ces instruments permettent de pister les sons, de les isoler, et... de les poursuivre. Il aurait été possible de mettre notre système d'écoute en place dès demain.

Le laquais du maire ne l'entend pas de cette oreille :

— Taratata! Il n'y a pas de "demain" qui fasse. Vous allez vous y coller tout de suite.

Cécile, dont le regard s'attarde sur la fenêtre, nez retroussé, et avec une grimace appropriée annonce:

— Il pleut des cordes. Ça n'est peut-être pas le moment de tenter l'expérience...

Le secrétaire passe au rouge.

— Parce que vous croyez être payés que pour sortir uniquement sous un soleil de plage?

Et il tourne les talons.

Malheureusement, nous n'avons pas le choix.

Nous nous équipons. Les imperméables de la police ont de larges capuchons, ce qui gêne le capteur de sons frontal. Jordan a déjà saisi une paire de ciseaux pour adapter son manteau au gadget. Je retiens son geste.

— Hey! Arrête! Le moindre dégât volontaire à ta tenue réglementaire te mettra à l'amende. Non, regarde Cécile : il suffit de retourner l'ourlet deux ou trois fois, pour que l'appareil soit dégagé. Par contre, allons-nous réussir à discerner les bruits de pas à ceux des trombes d'eau qui s'écrasent sur les trottoirs? C'est un autre problème!

Une demi-heure plus tard, nous voici tous sous la flotte. Ça n'est pas la joie! Jordan ronchonne :

— Quelle foutue soirée de merde! Il tombe des seilles.

C'est le moment le plus mal choisi pour mettre le nez dehors.

Abigaëlle a son propre style, quand elle est de mauvais poil :

— Boucle-la, bordel ! Les jérémiades n'amèneront pas un temps sec. Pense au sandwich que tu engloutiras quand tu auras attrapé un voleur... ou deux... si tu parviens encore à courir.

Pour appuyer son sarcasme, Abi pointe ostensiblement son regard sur la proéminence abdominale de son collègue. Cécile pouffe. J'interviens avant que cela ne dégénère.

— Bon ! On arrête ces conneries. Allez ! on remet ça comme l'autre fois : vous deux à l'extrémité G9. Cécile : nous, nous commençons ici. Les infractions ont généralement lieu entre maintenant et juste avant minuit. Donc cette fois-ci, en plus d'ouvrir l'œil, on ouvre nos oreilles ! Restez à vue, mais ne vous collez pas à votre équipier — ne te moque pas Abi ! — Chacun prend un côté de la rue et attend qu'un sorte de sa vérification d'un cul-de-sac, avant d'entreprendre la fouille du sien. Go !

Le peu de voitures privées qui chuintent sur les quatre pistes de l'avenue trahit la folie des grandeurs d'une époque révolue. Il est vrai qu'il y a fort longtemps, cet endroit était le théâtre d'immenses embouteillages de véhicules vrombissants et puants. Sur le trottoir opposé, ma partenaire ne paraît pas plus impressionnante qu'une souris.

Pour l'instant, personne n'utilise sa radio. Le type de détection et d'écoute dont nous sommes équipés exige passablement de concentration. L'appareil est muni de plusieurs filtres. Par exemple, les discussions des passants ne nous explosent pas les tympans, et le bruit des pas diminue quand il est trop proche. Heureusement, cela fonctionne aussi pour les glouglous des chéneaux et les grosses gouttes de pluie.

J'observe Cécile. Comme moi, elle fait pivoter sa tête de droite à gauche, et retour, pour balayer les environs immédiats.

C'est en reprenant le contrôle de ma moitié de rue que le miracle se produit. À cinquante mètres devant moi, les cris d'une femme attirent mon attention. Je la vois et me précipite dans sa direction. Elle donne l'impression d'être hystérique, prise d'une crise de démence, car elle gesticule comme pour se défendre d'un agresseur alors qu'elle est seule sur son trottoir.

Mais je distingue parfaitement, malgré l'éclairage chiche de la rue, que son sac à main s'envole! Un bref reflet de sa boucle apparaît au passage sous un lampadaire... puis, plus rien.

Bon sang! Ce voleur à la tire est affublé d'un camouflage d'enfer. Je ne le vois plus, ce qui ne l'empêche pas d'être repéré, car je l'entends.

Je me lance à la poursuite de mon super suspect en courant sous la pluie. Maintenant, en plus du son, il est traçable aux flaques qui giclent sous ses semelles. "Tu es fichu, mon p'tit gars. Cette fois.ci, tu ne m'échapperas pas!" En plus, le voleur commet erreur sur erreur : je suis sûr de pouvoir découvrir de qui il s'agit, puisque le fugitif se croit malin d'aller se planquer dans un café. Persuadé que Cécile me suit de près, j'entre précipitamment dans le bistrot. Me retrouver au sec me fait du bien : je suis dégoulinant. Or, de quelques secondes en retard sur le malfrat, me voici l'objet de toute l'attention. Les gens lèvent des visages interrogateurs. Le barman, qui m'a reconnu, propose de m'offrir un café. D'un geste distrait, je le décline. Mes yeux, pourtant de lynx, observe rapidement chaque client présent. Mais, aussi incroyable que cela puisse paraître, je ne vois personne ici qui puisse avoir été trempé par la pluie. Tout le monde est sec, tranquillement assis, ou debout au zinc. Même le sol, au-delà de l'entrée, ne trahit aucun passage du fugitif!

Derrière moi, la porte du café s'ouvre et se referme. Je me retourne, pensant retrouver Cécile dans l'encadrement : vide... En lieu et place d'une policière, une grande gouille... beaucoup plus d'eau que je n'aurais pu en laisser. Mince! Je ressors, et me heurte à ma collègue essoufflée. Éberlué, je tourne la tête de tous les côtés. Très loin, j'entends courir.

— Merde, Cécile! Je ne sais pas comment il a fait, mais il a réussi à s'enfuir alors que j'étais à deux doigts de le chopper!

Dégoûtés et trempés, nous sommes quatre à être revenus bredouilles de la chasse. Il est tard dans la nuit, mais aucun de nous n'a envie d'aller se coucher. Pourtant, ce n'est pas la fatigue qui manque. Nous restons groupés près de l'entrée, hagards et abattus. Rien qu'à songer au savon que le maire risque de nous passer en personne d'ici peu, il nous semble préférable d'attendre les petites heures qui mènent à la reprise du boulot en buvant café sur café. À peine secs, gobelet à la main, nous rejoignons nos places respectives.

L'épuisement rend gauche. J'évite de justesse de renverser mon jus sur les images de surveillance étalées sur mon bureau.

Ce bref éveil de mon attention me permet de remarquer la présence d'une lettre qui ne se trouvait pas sur les documents tout à l'heure. Au lieu de l'adresse habituelle, ne figure qu'une courte indication : "À la police".

C'est incongru.

Par réflexe, j'enfile mes latex pour ne pas inutilement ajouter mes empreintes : on ne sait jamais…

La feuille A4, pliée en trois, s'avère sortie d'une imprimante à l'instar du titre sur l'enveloppe. J'y lis :

"Commissaire,
Chacun son travail. Sachez que je ne m'attaque pas à n'importe qui. Les personnes concernées font l'objet d'une surveillance de plusieurs semaines et, si vous cherchez des bandits, occupez-vous de ce qu'elles cachent, plutôt que de vouloir m'attraper. Dorénavant, je procéderai différemment pour attirer votre attention. Restez aux aguets et n'en dites rien au Maire! Vous comprendrez vite.
Nous sommes du même côté!
Bonne chance.
Signé : L'invisible
P.S. Il faut rester discret. Détruisez ce message après l'avoir lu."

L'expression marquée sur ma gueule doit être éloquente, car mes collègues se sont tous tournés vers moi, la mine inquiète.

Les quelques secondes de silence qui suivent paraissent des heures. Puis je me ressaisis et tape sur mon bureau du plat de la main :

— Bordel! Nous n'avons pas à faire à une bande organisée, mais à un seul individu... quelqu'un que nul n'attrapera jamais. Ce personnage ne se cache pas, ne porte pas un camouflage hypersophistiqué, ne se déguise pas pour nous glisser entre les pattes. Il n'en a pas besoin : il est capable de se rendre parfaitement invisible! Et le comble : il y a de fortes chances qu'il devienne le meilleur indic que nous ayons eu de tous les temps!

3

Compagnie invisible

Je n'ai jamais réussi à comprendre certaines craintes de parents. À croire qu'à l'âge adulte, l'enfance devient presque un univers tabou, un état d'esprit qu'il faut absolument relayer à un passé révolu.

La raison doit-elle jouer le rôle castrateur de l'imagination à tout prix? Le goulet d'étranglement pour rejoindre la vie dite active et professionnelle nécessite-t-il de jeter ses aspirations juvéniles aux oubliettes? Une fois franchi le cap d'une certaine insouciance, est-il impossible d'éviter une existence étriquée, confinée dans un réalisme tristement pragmatique?

Mon métier me place souvent dans des situations contradictoires. Aujourd'hui, c'est la mère de Grégoire qui m'interpelle : "Mon fils insiste avec son ami invisible! Que dois-je faire?"

Étant enseignant de classe des plus petits, combien de parents croyez-vous, ne m'auront pas posé cette sempiternelle question!

Face à une dame — dont les signes de profonde perturbation ne font aucun doute —, je dois, une fois de plus, faire preuve d'un tact frisant la perfection. Les codes sont clairs : ne faire aucun attouchement qui puisse entraîner de redoutables malentendus, voire une plainte pénale, pour "geste déplacé", tout en adoptant un ton conciliant. Je me retiens pour ne pas être condescendant non plus. Par conséquent, j'évite aussi de lui poser une main consolatrice sur l'épaule.

Je recule prudemment d'un pas, car à présent et dans son désarroi, c'est la maman qui fait mine de vouloir se coller à moi.

— Madame, croyez-moi, Grégoire est dans cette tranche d'âge où l'imaginaire se lie à la réalité. En fait, il ne faut surtout pas vous inquiéter, et encore moins lui faire sentir qu'il a tort. Cela pourrait lui faire bien plus de mal que vous ne pensez.

— Mais, professeur, combien de temps cela peut-il durer? Quand va-t-il guérir?

— En premier lieu, ce n'est pas une maladie. Cette phase est très courante chez une majorité d'enfants. Elle est même essentielle à son développement. Ne lui montrez pas votre inquiétude. Au contraire, jouez le jeu et, vous verrez, cela lui passera tout seul.

— Vous croyez? Vous savez : il insiste beaucoup. Parfois, il refuse que je rentre dans sa chambre, sous prétexte qu'il est en compagnie de son "Tirule" ou "Tridule", ou "Trulitrule" quelque chose. Il me fait peur, par moments!

— Oui, je vous entends bien. Mais croyez-moi : cela est tout à fait normal. Ayez confiance. Petit à petit, il comprendra et fera la différence entre la vraie vie et l'imaginaire. En voulant lutter contre ses fantasmes, vous ne ferez qu'augmenter sa volonté de les protéger. Pour qu'il les abandonne, il est nécessaire qu'il vous sente de son côté.

Je consulte ma montre sans chercher à être discret. Les parents doivent réaliser que les instituteurs ont aussi une vie après la classe!

La maman de Julien m'envoie un regard ambivalent. De toute évidence, ses pensées naviguent entre l'envie de me croire sur parole — s'appuyant sur mon statut de maître d'école — et la crainte panique d'avoir mis au monde un être anormal. Elle me sert la main. À demi rassurée, elle tourne les talons — qu'elle porte à aiguille, malgré l'affichette collée à l'entrée et priant d'éviter ce genre de chaussures dans le collège — pour quitter ma salle de cours.

Resté seul, je secoue la tête : mais qu'ont donc les parents à s'inquiéter ainsi, pour des broutilles? C'en est agaçant! Bon sang! Comme je me réjouis de rentrer à la maison, loin de toutes ces sottes réactions.

Ces derniers temps, j'en suis à me demander pourquoi je pratique encore l'enseignement… Si ce n'est que pour voir son travail être saboté par les géniteurs — coincés dans leurs principes étriqués — dès qu'un enfant retourne chez lui!

À mon tour, je sors de la classe, ferme à clef, passe le couloir en distribuant quelques bonsoirs de-ci de-là, traverse la cour et, enfin, aspire en mes poumons l'air frais d'un vent de liberté.

Au diable les soucis pédagogiques, les collègues surmenés — voire paranoïaques — et les mauvaises farces d'élèves turbulents. Je ne suis plus esclave jusqu'à demain matin. Hey! Ça n'est pas pour rien que je refuse tout avancement depuis des années : il est exclu que je m'astreigne à perdre mes heures de congé à corriger des devoirs et autres épreuves écrites. Ce qui m'attend chez moi est bien trop précieux pour me laisser m'en distraire par des corvées imposées.

Mes pas se font vifs, sans effort ni essoufflement. Je vais retrouver Sylviane, sa douceur, son incomparable façon d'être en harmonie avec son compagnon, et l'embrasser de tout mon être. Il est improbable que qui que ce soit d'autre, femme ou homme, ait la chance que j'ai. D'ailleurs, si cela était le cas, aucune ni aucun de mes collègues ne garderait son éternelle tronche dépitée du matin au soir!

Le collège est à moins d'un demi-kilomètre d'où j'habite. L'exercice est donc plus vivifiant que fatigant. En poussant la porte, mon sourire s'élargit encore : j'entends Sylviane chantonner. Elle doit être au salon, je pense.

— Sylve, mon amour : je suis rentré!

À peine ai-je prononcé ces paroles, j'ai juste le temps de déposer ma serviette et ma veste, avant que mon ange se jette dans mes bras. Merveilleusement fine, elle a attaché ses cheveux d'argent en tresses, à la façon d'un chignon romantique à souhait. J'en tremble de bonheur. Ma fée est telle une liane dansante, et son parfum m'enivre. Mais, nous avons toute notre soirée et, comme elle connaît mon plaisir à faire la popote, elle me libère pour que j'aille nous concocter un petit festin improvisé.

L'amour ne peut tout remplacer : les travailleurs ont besoin d'être nourris. Comme chacun le sait, un instituteur est pareil à un capitaine à la barre d'un vaisseau à maîtriser en pleine tempête. C'est épuisant! Toutefois, j'ai toujours préféré préparer les repas. Pour moi, c'est important : cela me permet de totalement changer d'univers. Pour laisser libre cours à ma créativité, je ne suis jamais une recette déterminée, mais j'improvise. D'ailleurs, ma chérie adore mes plats!

Sur le chemin des casseroles, je mets la musique en route en passant. Depuis la cuisine, un dégagement m'offre de voir une partie du salon. Par moment, j'aperçois Sylviane danser pieds nus sur le grand Gabès. Mon cœur en chavire, pendant que je remue la sauce en suivant, à chacune de ses apparitions, les mouvements de ma belle. Cette femme me fascine, à tel point que je dois me forcer à rester à mon affaire et ne pas rater mon menu. La guetter entre l'angle du mur et le bloc réfrigérant est des plus tentant. Il serait regrettable que, par étourderie sentimentale, je nous brûle notre souper!

L'idée me fait pouffer, ce qui attire l'attention de ma compagne. Ses yeux gris rieurs et son sourire m'éblouissent durant un instant par l'interstice, juste avant que sa tête reparte se cacher derrière la paroi.

Le repas se déroule d'abord en silence, car nos regards en disent bien plus qu'aucun mot ne pourrait signifier. Puis, à partir du deuxième verre de vin, les rires s'invitent à table. Il ne s'agit pas d'humour, mais d'un débordement de bien-être, d'une sorte de béatitude irrépressible. Tout cela est plus fort que nous. La complicité affective nous submerge dans un synchronisme quasi surnaturel.

D'ailleurs, chaque moment passé avec elle est pure magie. J'aime me sentir fondre de tant de douceur, comme si j'étais fait de barbe à papa, et que les sentiments étaient des vagues de mousse sensuelles.

Mais, toute cette tendresse m'apaise au point de m'envahir… de somnolence. Le rêve se met à se mêler à la lucidité.

C'est avec un soupçon de tristesse que je dois avouer que mon état de fatigue ne me permettra sans doute pas de jouer les matamores, tout à l'heure… J'aurais tant voulu l'honorer d'une belle et longue nuit d'amour.

Elle me sourit en coin.

Elle a parfaitement compris! Comme toujours, je dois l'admettre., elle lit en moi comme dans un livre ouvert.

Avant de la suivre dans l'escalier, je dois assumer mon rôle de cuistot jusqu'au bout. Je rassemble mon courage, et me concentre sur la vaisselle et le rangement. Madame la fée n'a pas chômé durant la journée non plus. Elle est exclue de corvée, je m'en fais un point d'honneur!

Arrivé à l'étage, je croise Sylviane sortant de la salle de bain. Je l'attrape par la taille pour l'embrasser. Ses lèvres et sa langue me redonnent vie. Puis, nez à nez, nous nous regardons. Dans ses iris brille l'éclat de toutes les étoiles de l'univers. Nous nous séparons au haut de l'escalier, elle rejoint la chambre, moi les toilettes.

Après m'être brossé les crocs, je file sur le trône. Au bout de quelques minutes, comme je ne ferme jamais la porte, une nouvelle magie s'opère : ma fée se tient dans l'encadrement, épaule appuyée sur le montant à sa droite. La coquine s'est changée. Elle porte sa nudité divine sous un déshabillé translucide. Ses cheveux détachés coulent comme deux cascades d'argent. En un semblant de pudeur, des mèches lui cachent à peine la pointe de ses seins. Sublime perfection.

Dieu qu'elle est belle.

On ne peut rêver mieux !

Que serais-je sans elle ?

Je soupire : le sommeil se fait insistant. Je ne vais plus tenir très longtemps. Il faut que j'aille me coucher !

Toute magie à une fin.

Gentiment, la nuisette n'est plus seule à jouer des transparences.

— Sylviane, ho, ma Sylviane ! Tu t'en vas déjà.

Ses yeux et ses lèvres sont ses derniers reflets vaporeux dans l'ouverture de la porte. Elle s'évapore, mais je sais qu'elle est toujours là : dans mes rêves, mon cœur... et mon imagination.

Je souris en coin, et hausse des épaules.

La magie est faite pour renaître de ses cendres.

Mon ange, ma fée, mon trésor, mon amie invisible : je t'aime. Jamais personne ne pourra égaler ta perfection.

4

Le panneau

Paru dans le numéro spécial de la revue SILLAGES :
La Riponne des écrivains, printemps 2018

Nouveau bonnet sur la tête, de confortables gants aux mains, un chariot tout neuf qui ne rechigne pas à me suivre sur ses deux roues impeccables, je remonte vers la Palud. Le moment est satisfaisant à plus d'un titre. Non seulement ai-je pu découvrir des magasins bien fournis, mais en plus et contrairement à l'année dernière à la même période, il était possible d'aller très loin sans masque. Malgré le froid piquant de cette fin d'hiver, j'apprécie de pouvoir respirer librement.

Indubitablement, la situation s'améliore!

Les amis vont être ravis d'apprendre que l'accès au lac sera bientôt permis. Mais, ils le seront encore davantage quand ils verront ce que je leur ramène : les affaires dépassent la hauteur de la poignée! J'ai eu du mal à fixer tout cela correctement, les doigts engourdis par la fricasse. Heureusement que la neige ne s'est pas invitée. Je me demande bien comment j'aurais pu négocier la montée du Petit Chêne, si les pavés avaient été glissants!

D'ailleurs, lors de mes prochaines explorations, je devrai prendre garde à ne pas charger autant le chariot. Il faut qu'il tienne aussi longtemps que possible.

Un peu essoufflée et subitement inquiète d'une usure prématurée des roues, je m'arrête en arrivant sur le replat de l'ancienne fontaine. Tout semble en ordre. J'en profite pour réajuster l'empilement des sacs et des ballots de tissus.

En me redressant, j'aperçois Rod, de dos, déjà bien engagé dans la rue Madeleine. Il est trop loin pour que je le hèle et, fatiguée, je n'ai pas le cœur à allonger le pas pour tenter de le rattraper. Tant pis, je le retrouverai en même temps que les autres.

J'aurais aimé qu'il me voie. Il s'en fallait d'une minute, à peine. Il aurait pu m'aider à porter une partie de mon butin. Bon! Rien ne presse, en somme. Je ne sens plus mes mollets, mais je vais bien finir par y arriver!

Lausanne, ça monte, ça descend, et puis ça remonte... Avec toutes leur technologie et leurs immenses machines, les anciens auraient pu niveler toutes ces fichues collines, quand même! J'en suis au dernier bout. Il ne me reste plus qu'à m'enfiler dans la Madeleine. Elle n'est pas si raide que cela, mais j'en ai vraiment marre de me coltiner cette charge.

Comme si une bonne étoile avait entendu ma plainte, une voix joyeuse jaillit derrière mon dos :

– Hey, Doli, tu vas t'épuiser avec ça! Attends, je te donne un coup de main.

– Ah! Caro, comme tu tombes bien! Je commençais à croire que je ne parviendrais pas à parcourir la centaine de petits mètres qui restent.

– Ouf! C'est lourd. Comment as-tu pu tirer toute cette marchandise? Et depuis où?

– Aujourd'hui, j'ai poussé jusqu'à la gare.

– Jusqu'à la gare! N'es-tu pas folle? Cela a dû être terrible! Ton masque a tenu?

– C'est fini, là-bas. J'ai observé le manque de corneilles, et j'ai tenté le coup sans masque. Les odeurs sont presque nulles. Les quartiers sud devaient être nettement moins habités que ceux de l'ouest. En fait, je crois qu'il ne devait plus rester grand monde dans le secteur.

Avec l'aide de mon amie Caro, le reste du parcours est une vraie promenade. Six autres Ripons, nous suivent maintenant. L'après-midi tire à sa fin et nous rejoignons tous nos pénates.

À peine engagés d'un tiers dans la ruelle, que la magnificence brillante de notre abri se détache au-dessus des toits. Soulagés et ragaillardis, nous allongeons le pas pour passer sous le Grand Dôme. Il est bon de se retrouver à couvert, chez soi. Ici, pas de risques de contamination, pas de mauvaises odeurs de putréfaction, juste les foyers pour se chauffer et pour cuisiner.

Comme à l'accoutumée quand on trouve des ressources, j'amène mon chargement au centre de la place. On l'appelle le Cirque, et c'est aussi où se produisent tous les événements collectifs, qu'ils soient festifs ou sérieux. Un attroupement se forme assez rapidement autour de moi, enfin, surtout autour du chariot. Je m'empresse de mettre tous ces braves au courant de mes intentions.

– Venez par ici : certains dénicheront, dans les affaires que j'ai dégotées, sûrement de quoi remplacer quelque blouse par-ci, ou autre pantalon par-là! Les paquets sont bien serrés. Vous verrez, il y a pas mal de trucs. Inutile de vous exciter, il y en a encore tout plein là où j'ai trouvé ces affaires!

Ma dernière phrase provoque, dans mon crâne, un écho singulier. Tous ces magasins, découverts aujourd'hui et laissés intacts, regorgent de produits de toutes sortes. Des tonnes de marchandises, futiles, pour la plupart, mais bien rangées sur des rayonnages qui n'ont pas été pillés par le simple fait de l'absence de rapaces humains. Tant de clients disparus!

Quelle bizarrerie : des centaines de milliers de personnes victimes de leur promiscuité et, maintenant, quelques centaines d'individus restants, témoins de l'immense gâchis, glaneurs dans les anciens temples de la consommation.

Un frisson me secoue. Ne pas se laisser submerger par ces funestes pensées. Il faut aller de l'avant. Doli : reprends tes esprits!

Comme j'ai déjà pris soin de refaire ma garde-robe, au complet, à la source, je me dépêche de récupérer mon chariot vide. En retrait, j'admire le spectacle. Il y a de la joie et du ravissement sur les visages. Femmes, hommes et enfants découvrent, probablement, ce dont ils ont besoin. C'est un immense plaisir, et une belle récompense de voir tous ces gens si contents. Bien sûr, il n'y en a pas pour tout le monde, aussi, je rassure quelques individus déçus. Dès demain, ils pourront s'aventurer dans le quartier que j'ai exploré aujourd'hui, pendant que je m'occuperai au jardinage.

Sourire en coin, je rentre à mon cabanon. Le mien est au nord, sous les arcades de l'ancien parking. En passant au pied des grands escaliers du Palais, je m'arrête quelques secondes vers un brasero dont les braises me paraissent bien grises. La plupart des autres Ripons sont encore à s'exciter dans le Cirque. Je les vois se montrer les habits et chaussures qu'ils ont choisis. Ils en oublient le froid saisonnier.

Je casse une branche morte en morceaux pour nourrir le foyer à l'abandon. Le son des discussions s'atténue. Le calme revient sur la Place, alors que le soleil termine sa course derrière les bâtiments ouest. Fred, Isa et Lora, qui sont mes proches voisins sous les arcades nord, marchent côte à côte. Ils m'ont vu et changent de direction pour me rejoindre. Le ciel s'assombrit, mais des reflets orange viennent chatouiller les facettes vitrées du dôme de la Riponne. Des milliers de triangles et autant de teintes lumineuses jouent avec les réfractions des couleurs. C'est un des moments de la journée que je préfère; avec toute la sérénité qu'apporte l'impression de sécurité.

Avec le nez en l'air, comme moi, les comparses ont adopté une attitude semblable à la mienne. Autour du brasero, nous profitons ensemble d'une double chaleur : celle du feu, et celle de l'amitié qui nous lie.

Nous tous ici, survivants de Lausanne et de ses environs, ne pouvons qu'apprécier le sentiment de confiance qui s'y est installé. Les anciens auront, au moins, fait ceci de bien!

Au-delà des facettes du prisme du Dôme protecteur, il fait nuit, maintenant. La lumière des flammes réactivées éclaire momentanément l'antique panneau publicitaire le plus proche. Les autres se réchauffent les doigts et les bras en lui tournant leur dos. Mon sourire est désabusé quand je leur lis le slogan qui y figure en grandes lettres :

– Nouvelle Place de la Riponne — Vivons ensemble!

5

Le trophée

Pépiements d'oiseaux et douce rumeur d'un paisible ruisseau accompagnent les senteurs sylvestres. Le pâle soleil du matin se faufile entre troncs et feuillage et pose mille petites étoiles sur les vaguelettes enjouées de l'onde. Sur une pierre moussue, comme placée là par la main experte d'un photographe en publicité, un trophée de métal doré joue avec les reflets de l'astre du jour.
Seraient-ils complices?
Tout est calme et paisible.
Il n'en allait pas de même la nuit précédente.

À six kilomètres en amont de la forêt se situe un des villages les plus célèbres du continent : Montsabrez.
Cette station touristique accueille, à toute saison, des événements sportifs ou culturels d'une grande diversité. Sa réputation éclectique n'est plus à faire et y être invité est toujours une immense marque de reconnaissance, qu'il s'agisse d'une rencontre canine, d'une course de ski de fond ou... comme ces jours, de la Super Finale mondiale de karaoké.
Starvox, de son vrai nom Renuald Hochwachs, est bien conscient de l'honneur qui lui est fait de se trouver ici et, qui plus est, comme finaliste du concours!
Mais, hormis la coupe d'or, ce dont il se réjouit le plus, c'est de la réaction de Semilia, dont il est éperdument amoureux depuis plusieurs semaines.
Semilia, que je sais s'appeler Jeanne-Christina Rebling, est arrivée dans sa vie, pour la première fois, à l'occasion des quarts de finale à Shärenbrugg. Ce jour-là, Semilia a emballé tout le monde! Elle a même failli faire mieux que Starvox, c'est dire! Et ce soir, "Elle" sera sûrement honorée du micro d'argent... À moins, qu'au dernier moment, il décide de la laisser gagner et de prendre, lui,

volontairement la deuxième place! C'est à voir.

Quoi qu'il en soit, il l'imagine se tourner vers lui avec son merveilleux sourire rempli d'une admiration sans limites. Il sent déjà le regard de miel de cette princesse le couvrir entièrement d'un manteau de douceur. Leurs lèvres vont se toucher et ce bonheur éblouissant qui oblitérera totalement celui d'être devenu le meilleur interprète de karaoké du monde!

Semilia! Ah! Semilia, Semilia! Si, ce soir, je chante aussi bien, c'est pour toi!

En attendant, elle fait mine de ne pas te voir... Mais avec tout ce que tu ressens pour elle, tu peux être sûr qu'elle en pince pour toi également!

À mon tour, c'est l'entrée sur scène! Tout à mes sentiments pour Elle, je n'ai pas le trac. Sous les projos multicolores, accompagné par les battements de mains, au rythme de la foule enchantée par mon interprétation, je m'envole. Avec ma superbe chemise en satin fuchsia, brillant de tous feux, je plane au-dessus de la mêlée. Ma performance est sans couac. Jamais il ne m'a été aussi facile de coordonner danse, gestes et paroles. Je suis parfait!

Un tonnerre d'applaudissements salue la fin de ma prestation. C'est l'apothéose, le sommet, la victoire assurée!

Galvanisé par le succès, presque en transe, je fais rapidement mes trois courbettes traditionnelles au public pour me précipiter dans les coulisses, à la rencontre de Semilia.

Je suis un peu perplexe de ne pas me retrouver immédiatement dans ses bras. En fait, Elle n'est même pas là! Vite! En route pour les loges! Elle m'y attend, peut-être, et veut me faire une surprise. En croisant une autre concurrente, dont je ne connais ni le pseudo ni le nom, je lui demande si elle a vu "Elle"... mais en vain. Comment cette cruche pouvait-elle être ignorante au point de ne pas savoir où se trouve ma future dauphine... et fiancée? Trop bête!

Mais je n'ai aucune envie de salir mon sentiment amoureux avec le mépris que je pourrais ressentir envers cette petite sotte!

Le haut-parleur me ramène à la réalité du moment : les finalistes sont priés de tous immédiatement revenir sur scène pour la désignation des lauréats.

Ma fébrilité décuple. La remise des prix, c'est bien. Mais la certitude de retrouver Semilia sur le podium dépasse, et de loin, cette perspective !

Le présentateur saisit l'enveloppe que lui tend sa blondasse de service, supposée être hypersexy. Il l'ouvre avec la lenteur énervante habituelle dans ces circonstances et annonce les cinq premiers.

Jusque là, tout va bien.

Ensuite, mon inquiétude prend l'ascenseur.

Très vite, les choses deviennent bizarres. Plus rien ne tourne rond. Les organisateurs et le jury n'ont, apparemment, rien compris !

Que se passe-t-il ? Ils sont complètement fous !

Cette soirée, avec son programme, riche des vingt-deux "top" finalistes mondiaux de karaoké, ses stras et ses interludes publicitaires, devait être la plus belle et probablement la plus mémorable de ma vie...

Pourquoi ce désordre ?

La cinquième et la quatrième place sont attribuées à un gars et une nana qui font tout leur possible pour garder un sourire qui se veut radieux. Ils repartent avec un bon d'achat chacun. La honte !

La troisième va à... Semilia ! Oh non ! C'est ignoble ! Elle devait être MA dauphine ! Mes protestations passent inaperçues et les caméras font un gros plan sur une fille bafouée et humiliée. Une statuette, représentant un micro, de couleur bronze et ridiculement petite, lui est mise entre ses jolies mains. Ma vue se trouble quand j'essaye de déchiffrer l'expression de son visage. Est-ce une grimace de douleur intérieure ? Elle méritait mieux que cela !

J'ai beaucoup de peine à suivre le reste des événements, rongé par l'incompréhension et le sentiment d'injustice.

La deuxième place revient à l'inconnue que j'avais croisée, auparavant, derrière les rideaux ! Un scandale ! Je ne me souviens même pas de ce qu'elle a pu chanter !

Sous les tollés de hourras et de bravos, une voix lointaine m'appelle. Des mains se tendent, des bras m'attirent. Les gnomes et gnomettes grimaçants que sont devenus les autres participants, le présentateur et sa poupée me poussent sur la tribune, tout en haut, sur le numéro un.

J'ai presque envie de refuser une récompense venant de ce simulacre de concours! Pendant un bref instant, cependant. Il se trouve que je suis presque un professionnel et, comme tel, je dois donner le change. Péniblement et au prix d'un grand effort, je reprends le rôle qui me revient. Le trophée doré est merveilleusement brillant. Le public m'acclame. J'ai réussi. Je suis le meilleur!

Aspiré dans ce maelström, où s'entrechoquent les sentiments les plus contradictoires, j'arrive même à baragouiner quelques paroles de remerciements et à rechanter "mon" tube...

Pourtant, le cauchemar est bien là, m'attendant à la première accalmie, la soirée est finie. Les caméras sont rangées. Les gens sont partis, les spots éteints.

Pendant que les équipes techniques fourrent leur matériel dans des caisses métalliques et que le présentateur se dispute avec des responsables de la salle de spectacles, me voici debout et inerte, avec un faux microphone doré et son socle au bout d'un bras ballant.

Flash!

Reprends-toi!
Cours!
Semilia doit encore être dans les parages! Il faut accomplir ton destin, ne pas se laisser abattre. Semilia a besoin de toi!

Il n'y a que quelques mètres à parcourir pour atteindre les loges. J'y trouve une Semilia qui discute avec... la "fameuse" deuxième — celle-ci sert son trophée d'argent contre son corps potelé : s'en est ridicule! — et trois autres personnes que je n'ai jamais vues. Ce qui coupe mon élan, c'est l'attitude de ma Princesse. Elle devrait être accablée, démolie ou en larmes. Or, c'est tout le contraire : elle rit! Elle rayonne et parle avec enthousiasme!

Et moi qui suis là, venu pour la consoler, pour lui avouer combien je l'adore...

Avant que je ne puisse réagir, "Elle" a déjà fait les trois pas qui nous séparent. Mon cœur est au bord de l'explosion. C'est trop merveilleux pour être vrai!
En effet, car pendant que les mots se forment dans ma gorge pour lui dire : "Je t'aime", voici qu'elle tire la main d'un des inconnus du petit groupe.

— Starvox, dit-elle, je te présente mon copain Aurélien qui tient, tout comme moi, à te féliciter de tout cœur.
Ce type est à côté d'elle et la colle contre lui par la taille, Semilia lui sourit amoureusement...
Il n'y a plus d'air, j'étouffe! Mon sang ne circule plus! Je ne distingue plus les couleurs! Je vais tomber!
— Ça va? Me demande un Aurélien à la mine sincèrement inquiète.
Quand l'équilibre et la parole me reviennent, les seuls mots que j'arrive à formuler sont :
— Semilia, tu n'es pas triste de n'être que troisième?
— Triste? répond-elle enjouée. Certainement pas! Cela ne fait que depuis deux ans que je fréquente de temps à autre des soirées karaoké et je ne me suis inscrite que pour m'amuser, suite à un pari avec Aurélien et les copains. Je n'aurais jamais pensé que cela m'amènerait si loin! Mais toi, tu es vraiment bon! Je te souhaite beaucoup de succès à l'avenir!
Sur ces mots, Sémilia me fait une bise sur la joue et s'en retourne discuter avec son groupe d'amis.
Une vague de solitude, de sentiment de rejet et de nostalgie me submerge. Tous mes échecs amoureux me reviennent, écrasants, étouffants. Noémia, Cinelia, Yolmalie, Herinne, Cormira, Paule, Safran, quelques autres et maintenant Semilia... toutes ses filles qui n'ont pas voulu de moi, se sont moquées ou pire, qui ne m'ont même pas remarqué, alors que je leur tendais mon cœur en offrande.

Est-ce moi qui marche, ou le monde qui bouge autour de moi?

Je ne sais comment j'y suis parvenu, il fait nuit noire et il n'y avait aucun éclairage dans le parking, mais j'ai regagné mon minibus transformé en minuscule camping-car. On ne devient pas champion n'importe comment : il faut pouvoir être partout où "ça" se passe!

En y prenant place, la nausée m'étreint la gorge. Comme je me sens mal!

Hors du temps, je me retrouve sur la route avec les doigts blanchis à force de serrer le volant.

Dans ma tête, une voix me répète :

— Tu es champion! Tu es champion du monde! Tu...

Alors qu'une autre, plus sinistre lui répond :

— À quoi bon! À quoi bon, merde!...

J'en veux à ces filles! Je m'en veux surtout à moi-même! À ce satané bus, aussi, qui va me ramener dans mon détestable nulle part. Pourtant sa lenteur m'énerve!

J'enfonce l'accélérateur et soudain : tout s'illumine! J'appuie plus fort, jusqu'au fond. Les arbres s'affolent à mon passage. Ils se mettent à ressembler au public en délire que je viens de quitter. Moche! Tout est trop moche! J'éteins les phares pour ne plus voir cette débauche d'horreur, ces sapins qui grimacent leur mépris.

La nature, calme, s'est tue. On n'entend que les crissements de pneus de bus sur l'asphalte. Les crissements se font hurlements dans la nuit. Il y a un grand bruit, puis plus rien. Rien, pendant plusieurs longues minutes...

Pépiements d'oiseaux et douce rumeur d'un paisible ruisseau accompagnent les senteurs sylvestres. Le pâle soleil du matin se faufile entre troncs et feuillage et pose mille petites étoiles sur les vaguelettes enjouées de l'onde. Sur une pierre moussue, comme placée là par la main experte d'un photographe en publicité, un trophée de métal doré joue avec les reflets de l'astre du jour.

Seraient-ils complices?

Tout est calme et paisible.

Un peu plus loin, au pied d'un éboulis de roches et retenu par les branches cassées, gît l'épave d'un minibus. À l'intérieur, on distingue surtout l'étoffe déchirée d'une chemise en satin fuchsia.

Un peu d'écarlate se mélange au fil du ruisseau.

Juste un peu de rêve qui s'écoule.

6

l'immortelle

Si j'avais encore le moindre poil sur le crâne, je pourrais le laisser flotter dans les rafales venteuses. Face aux bourrasques, les yeux protégés par mes lunettes de tempêtes, mon cerveau ne fait que voir l'étendue désertique qui m'est si familière depuis la nuit des âges. Cela fait bien longtemps que je ne regarde plus, parce que, pour cela, il faudrait que j'y attribue de l'intérêt.

Autrefois, on m'appelait Suzane, puis madame Suzane. De nombreux titres et une impressionnante liste de fonctions s'alignaient ensuite. Aujourd'hui, il n'y a plus personne, si bien que mon propre nom ne me signifie plus rien.

Je devrais l'oublier, comme je me suis efforcée d'effacer tout ce qui pouvait provoquer la moindre douleur. Les souvenirs sont un venin. Chacun de ceux-ci ne représente qu'un monceau de plaisir perdu. Si je me mettais à véritablement regarder les étendues arides qui m'entourent, je n'y verrais plus simplement l'absence totale de vie et ruines réduites en sable, mais un vaste étalement de cadavres et de rêves en décomposition.

C'est à en regretter tant de célébrité, d'argent et de relations haut placées. L'ensemble de ces "qualités" ont privilégié ma personne lors du choix de "l'élue de l'année".

Tu parles d'une année! Je la maudirais, si cela pouvait avoir un sens.

Nous n'étions alors pas plus nombreux que les doigts d'une main, oh! super veinards, à passer entre celles d'éminents neurochirurgiens, et dizaines de spécialistes des nouvelles techniques de traitement de l'ADN et autres modifications des cellules-souches.

La voix sirupeuse de la docteure Nadila Yonarowska résonne encore dans le creux de mon oreille :

— Quelle chance vous avez! Figurez-vous que même pour moi, qui suis à l'origine de la découverte, les moyens me manquent pour m'offrir le "Wax-Saint". Je devrais pouvoir économiser tout mon salaire, pourtant excellent, durant des années pour me procurer ce traitement.

D'ailleurs, tous ces abrutis se tenaient autour de moi, avec ce fameux regard brillant et rempli de concupiscence! S'ils avaient su...

En ce temps-là, ces éminences n'étaient que menu fretin. Ma fortune augmentait davantage en une journée qu'ils n'en gagnaient en une année... pour les mieux payés d'entre eux, bien entendu. Je les méprisais.

Aujourd'hui, plus rien n'a d'importance, enfin, presque plus rien.

Il semble que les systèmes d'autoréparation montrent des signes d'usure. Mon eau, pompée dans les entrailles de cette vieille planète, n'a plus la limpidité qu'elle devrait. Le caisson médical n'est plus aussi précis dans ses diagnostics. Parfois, je ressens presque de la fatigue physique, ce qui ne m'est plus arrivé depuis... depuis des siècles, si j'en crois le calendrier holographique.

Il y a six cents ans, ma résidence comptait de nombreuses pièces. J'en ai plus que cinq, maintenant. Mes domestiques avaient progressivement été remplacés par des androïdes, beaucoup plus fiables que ceux de chaire et d'os. Devenant de moins en moins utiles, ils ont été incorporés aux diverses fonctions essentielles à mon logis. Le dernier s'est modifié tout seul, pour s'intégrer au mécanisme de surveillance et améliorer celui de la sécurisation des volets anti-tempêtes.

Ses prédécesseurs robotiques s'étaient déjà chargés, de nombreuses décennies auparavant, de réduire et solidifier la structure de mon habitat. Je leur avais donné le feu vert, car étant à ma connaissance l'ultime survivante de l'humanité, le spacieux salon de réception, les douze chambres et suites d'amis et les vingt et une salles de bain n'avaient plus raison d'exister. Par contre, les changements climatiques nécessitaient une adaptation conséquente. Les murs périphériques de quatre mètres d'épaisseur, bardés de systèmes de récupération d'énergie, d'eau et de ressources organiques semi-fossilisées me protègent des pires ouragans. Ils sont fréquents. Quand les volets sont ouverts, les vitres en saphir, inrayables et photosensibles, diffusent une luminosité et une coloration sur demande.

Bref : je suis une immortelle en parfaite sécurité dans une forteresse technologique indestructible. J'y suis simultanément maîtresse et prisonnière. Protection oblige, je ne peux pas sortir selon mon bon vouloir, mais uniquement quand cela ne représente aucun danger pour ma personne. Si actuellement, je me tiens debout sur la terrasse, c'est seulement parce que mon habitat a d'abord vérifié la qualité de l'air extérieur, étudié les pronostics météorologiques, et calculé les probabilités de risques encourus.

Parfois, il m'arrive de rêver qu'un dysfonctionnement me procure une distraction, une excitation particulière. Quand ce genre d'idée me traverse l'esprit, les détecteurs de la maison en tiennent compte et, après s'être assurés de ma sécurité, diffusent un psychotrope adapté à mon besoin du moment. Quoi qu'il advienne, tout est prévu pour que je ne manque jamais de rien. C'est le paradis. Il le faut bien, puisqu'il est supposé être éternel!

En retournant à l'intérieur, je passe par la cuisine. Il m'arrive parfois d'avoir envie de faire les choses moi-même. En l'occurrence, j'aurais simplement pu prononcer à haute voix "fais-moi une dose de fourmiane jaune", et en deux minutes une tasse de tisane de fourmis jaunes aurait glissé sur le rebord du plan de travail. Or, il me plaît de commander de l'eau chaude, de prendre et d'ouvrir le bocal de mon choix, de placer une cuillère d'insectes dans un filtre posé — manuellement — sur une véritable porcelaine, et d'y faire couler doucement le liquide bouillant. De sentir l'attention, voire l'inquiétude, de la maison prête à intervenir en cas de maladresse humaine, m'émoustille pendant quelques instants.

Je retourne sur la terrasse avec ma tasse à la main. Il y a du suspense dans l'air, car j'ignore si le programme de protection va me laisser faire jusqu'au bout.

Dans un soupir, je hausse des épaules : sans doute, un algorithme aura prévu ce genre de situation et estimé qu'il était psychologiquement constructif de m'autoriser cette prise de risque.

Bah! Tant pis!

— Mon siège!

Immédiatement, un fauteuil d'extérieur jaillit de la paroi et s'arrête derrière mes genoux. Sa matière thermophile a gardé le confort des premières années.

Aujourd'hui, le regard porte loin. Seules les vaguelettes des ondes de chaleur m'empêchent de voir les monticules marquant l'horizon au sud-ouest. Ces collines ne sont pas naturelles. Elles sont le résultat de l'effondrement d'une antique ville qui comptait plusieurs millions d'habitants. Selon mes souvenirs, en sortant de ma propriété, mon chauffeur pouvait emprunter une route de cinq pistes qui y menait. C'était puéril, mais j'allais, de temps à autre, faire les boutiques dans l'avenue principale de cette ancienne cité. Quelle idée stupide de ne pas avoir eu, tout de suite, une demeure capable de produire les habits qui me plaisaient!

Ma tasse vide posée sur le sol est instantanément absorbée. Comme il se doit, la maison me demande : "Désirez-vous une autre fourmiane?".

La question reste sans réponse.

Mon silence n'a pas été dicté uniquement par l'habitude, mais par un phénomène encore jamais observé à ce jour. Qu'est-ce donc?

Les tourbillons, dus aux différences de pression et changements d'orientation du vent, me sont familiers. Mais qu'il n'y en ait qu'un, en solitaire, ainsi, et au milieu d'aucun autre courant, est étrange. Il me semble même qu'il se déplace dans ma direction!

C'est irréel! On pourrait croire qu'il s'agit d'un véhicule d'avant le Désastre!

Et ma maison qui ne réagit pas... comment est-ce possible?

Ça n'est pas un rêve : quelqu'un est assis sur un engin à deux-roues, et s'approche à très grande vitesse.

— Qu'est-ce? Pourquoi ne fais-tu rien?

Ma forteresse imprenable me répond laconiquement : "Danger nul".

Un personnage casqué, ganté et recouvert d'une combinaison capitonnée, chevauchant une machine chuintante, s'arrête à deux mètres des marches menant à ma terrasse.

L'individu, le premier que je vois depuis plus de quatre cents ans, presse sur un bouton. Le sifflement bizarre produit par l'engin diminue et se tait. Le pilote met pied à terre.

Sans un mot, l'arrivant retire son heaume. Une cascade de cheveux noirs coule sur ses épaules.

— Une femme! Vous êtes une femme!

L'autre sourit en coin :

— C'est ce qu'on m'a dit... il y a très longtemps.

— Je croyais être la seule survivante!

— Oh! À peu de chose près, c'est pratiquement le cas. Mais, faites attention, je vous sens au bord de l'état de choc. Je pense que votre maison va vous prodiguer des soins en conséquence.

Effectivement, le fauteuil, au lieu de se rétracter dans son mur, glisse à l'intérieur, dans le salon. L'étrangère l'ayant suivie, la porte se referme derrière elle.

Suzanne a tout juste loisir de s'en étonner, avant de sombrer dans un sommeil réparateur.

À son réveil, il lui parvient des sons modulés d'une manière qu'elle n'a plus entendus depuis des siècles : quelqu'un fredonne! La voix est douce et les notes sonnent claire et juste.

Suzanne lève ses paupières. C'est la jeune femme — vue de dos — qui ondule telle une oriflamme charmée par le chant d'une sirène, et ses longs cheveux épousent admirablement les mouvements avec juste ce qu'il faut de léger retard — comme à dessein — pour compléter l'image d'une grâce infinie.

De recôtoyer une créature — de plus si superbe — provoque un choc inédit. L'apparition se retourne et demande :

— Je nous fais plutôt une fourmiane de jaunes, de noires, ou de rouges?

Prise au dépourvu, Suzanne parvient néanmoins à répondre :

— Ah! À cette heure de la journée, je préfère l'acidité des fourmis jaunes... merci!

"Merci" : voici une expression depuis longtemps inutilisée : à quand remonte la dernière fois qu'elle a fait preuve d'une quelconque gratitude? Un bref moment de silence, comme suspendu dans une autre dimension, s'achève à celui du service du thé.

La dégustation, d'ordinaire dans la plus intime des solitudes, revêt un caractère qui tient du rêve éveillé. Dans une ambiance feutrée et d'apparence calme, le contraste avec les cascades de réactions intérieures est faramineux! L'émotion peut être une expérience violente, quand elle survient à l'improviste, et surtout après ne plus en avoir connu les effets durant des centaines d'années. Cela lui serre la poitrine, puis lui donne des frissons inexplicables. Tout ceci est le contraire d'un désagrément, mais, bon sang! ça n'était plus censé lui arriver. Plus jamais.

Femme d'affaires, multimilliardaire froide et calculatrice, elle avait déjà renoncé à gaspiller son énergie en sentiments grotesques bien avant ses séances de transformation, bien avant d'être devenue une immortelle. C'était un préalable absolument fondamental, ne serait-ce que pour être compatible avec sa nouvelle condition.

Or, l'arrivée d'une autre personne, aussi sublime, remettait tout en question.

Comment se fait-il que la maison n'ait pas correctement analysé l'immense danger que représente la perturbation psychologique de cette présence? Pourquoi l'a-t-elle laissée entrer chez moi? Je dois rétablir l'ordre dans mes pensées.

La propriétaire des lieux se recale dans son fauteuil, pour s'adresser à la belle inconnue, qui vient de se relever pour rajouter de l'eau chaude au breuvage. Ce faisait, la belle s'est remise à fredonner.

— D'où venez-vous, et quel est votre but?

La nouvelle arrivée cesse son chant et se retourne pour faire face à Suzanne.

— On m'appelle Kali. Un jour, je me suis réveillée entourée de dizaines de kilos de réserve de nourriture. La lumière fonctionnait encore, j'ai compris que je me trouvais coincée dans un vieil abri, quelques mètres sous terre. L'issue normale restait bloquée, mais, heureusement, le conduit d'aération n'était que partiellement obstrué. Après avoir creusé et peiné, j'ai enfin réussi à quitter le trou, pour constater qu'en surface, tout avait été détruit. Là, je vous parle d'une région qui se situe à l'autre bout du continent. Je me suis mise en route à la recherche de survivants. De lieu en lieu, les seuls miracles qui se sont présentés ont été de nature mécanique. En effet, il arrivait qu'un des véhicules abandonnés y fonctionnait encore. Cela m'a permis de progresser plus vite dans ma quête. De ville en ville, échangeant un engin motorisé contre un suivant, j'ai découvert que le drame était d'une telle ampleur que l'espoir ne pouvait servir de motivation, jusqu'à aujourd'hui!

J'ai parcouru des milliers de kilomètres, traversé et gravi des centaines de ruines de toutes tailles, sans jamais rencontrer âme qui vive. Et voici qu'enfin, je tombe sur votre résidence. C'est merveilleux! Non?

— Pourtant, vous ne faites pas partie des Seize. J'en suis sûre. Je les ai tous connus!

— Les seize qui?

— Nous étions le club des plus riches de la Terre, et les seuls à avoir bénéficié du Wax-Saint. Aux dernières nouvelles — et elles datent — la plupart sont morts sous les décombres de leur demeure. Par conséquent, vous : vous êtes un véritable mystère. On vous aura administré de l'urolithine dès votre naissance! Seriez-vous le résultat d'une expérience parallèle... un miraculeux prototype? À moins que vous ne soyez une rescapée de la base lunaire. Il me semble que les essais de croisement entre divers types de clones avaient connu quelques succès. Si c'est le cas, vous seriez la réussite suprême. Il n'y a, sur vous, pas le moindre signe de mutation, aucun défaut génétique... c'est inouï!

Kali, debout devant Suzanne, coude gauche soutenu dans sa paume droite, se tient le menton en prenant une mimique pensive.

— Ah! Je vois. Bien sûr, les humains d'origine n'ont pas pu s'en sortir dans de pareilles conditions. La dernière communauté de la race répertoriée s'est éteinte dans le centre ouest de l'ancien continent africain, il y a un peu plus de deux siècles. C'était juste avant que les factions en conflit eussent abattu les satellites et torpillé les câbles sous-marins de communication. Mais, à l'instar des mauvaises herbes — que l'on peut encore croiser çà et là — il se peut que des groupes de descendants survivent aujourd'hui. Il n'est pas impossible que des poches territoriales viables, disséminées sur la planète, aient résisté aux ravages.

— Éventuellement, mais là n'est pas ma question : vous... vous, comment êtes-vous encore en vie?

L'attitude de Kali change du tout au tout. Elle rit

doucement, comme un petit oiseau des temps passés. La belle s'appuie d'une main sur un gracieux déhanchement, et son visage prend une expression terriblement candide.

— Oh! Quel joli compliment! C'est la première fois que l'on me demande ça. Et bien, la réponse est simple : je ne le suis pas.

Un long moment de silence s'installe.
Puis, Suzanne lâche :
— Comment cela? Qu'est-ce que vous n'êtes pas?
— Vivante! Je ne l'ai jamais été. Mais, on m'a dit que je suis un modèle particulièrement bien réussi.
— Vous êtes une gynoïde!
— Oui, évidemment!
— Pourtant nous avons bu et même grignoté ensemble. Comment cela se fait-il?
— Oh! L'explication est très simple : la sempiternelle peur que certains humains ressentent face à la solitude. Il fallait absolument qu'il existe des androïdes capables de simuler une présence familière.
— Ce besoin m'a toujours semblé puéril... enfin, jusqu'à aujourd'hui. Votre venue me bouleverse, me retourne comme un gant, me remplit d'une mélancolie que je n'avais encore jamais perçue!

Suzanne, un peu ramassée dans son siège, soupire.
Bien sûr, comment ai-je pu espérer qu'il en soit autrement?
Toute à ses pensées, la survivante regarde par la fenêtre. Un bref instant, elle croit voir une foule de gens déambuler devant chez elle.
Rapidement, tout s'estompe.
Le mélange de substances adéquates vient d'être diffusé dans la pièce.
— Si ma maison n'y prenait soin, je serais devenue folle depuis bien longtemps.

7

Les sans-veste

Comme vous le savez certainement, il existe des mondes où rien ne se fait de la même manière que chez nous, où l'un ou l'autre de nos dictons pourrait presque tenir du blasphème. Parmi les myriades d'exemples, je vous en ai choisi un qui reflète bien mon propos : "l'habit fait le moine".

Pour mieux comprendre, nos allons nous glisser dans la peau d'un personnage qui aura connu, au cours de sa vie, des revers qui auront diamétralement bouleversé ses notions de valeurs.

L'histoire commence dans la grande cité de Ramacolte, et le corps que nous allons investir se nomme Arakim.

Maintenant, nous voyons par ses yeux les tours torsadées des guildes. Elles sont presque aussi nombreuses que les arbres d'une forêt. D'ailleurs, il y en a tellement qui se sont créées durant ces dernières générations, qu'il devient extrêmement difficile de reconnaître les plus récentes, à cause des assemblages de couleurs de plus en plus compliqués. Le regard s'abaisse sur l'environnement proche. Une foule bigarrée s'affaire sur l'immense place du marché, située exactement au centre de Ramacolte. Arakim se tient en bordure de toute cette agitation, en retrait et cachée par une colonne de pierre d'une des alcôves. Une forte odeur d'urine lui chatouille les narines, mais il n'ose s'exposer pour l'instant. Il est encore trop tôt. Il faut attendre le départ des premiers maraîchers, avant de s'aventurer à glaner les restes, fruits et légumes avariés, abandonnés sur les pavés.

Pour patienter, Arakim promène son regard envieux sur les longues vestes, et même quelques manteaux descendant en dessous des genoux pour les plus nantis.

Voilà ce qui démontre la différence fondamentale avec notre monde : ici, plus le par-dessus est imposant —

jusqu'au sol pour les plus hauts placé sur l'échelle sociale — plus vous êtes respectable. Gare à celles et ceux qui n'ont pas, ou plus la veste, car ils sont pratiquement invisibles!

Or, Arakim n'a pas eu de chance. Il avait un bon poste, avant. Mais, pour une broutille, une minuscule erreur, il avait été jugé et condamné. Du jour au lendemain, il a été privé de ses privilèges durement acquis pendant des années de fidèle service à sa communauté.

Dans l'ombre de sa cachette, drapé de sa honte, il soupire :

— Dans mon malheur, mes maîtres ne m'auront pas exclu de leurs couleurs, les bleus d'une des guildes originelles, tout de même. Toutefois, cela n'y changera pas grand-chose à ma condition, car que puis-je encore espérer de l'avenir en ne portant plus qu'un misérable gilet! J'ai passé l'âge des candidatures. Dire que j'avais atteint le dépassement des fesses, avant cette déchéance! Non, c'est sûr : je ne remonterai plus jamais la pente. Ma vie est finie! Il ne me reste plus qu'à déambuler sans but, comme flottant sur un océan de détritus tel un étron dans le bassin d'une station d'épuration.

Un chou, marqué par la trace d'un coup, roule chaotiquement jusqu'à venir se heurter à ses pieds. Par réflexe, Arakim le ramasse et jette un œil pour vérifier s'il doit remercier quelqu'un en particulier. Apparemment, le légume a été expédié au hasard. Il hausse les épaules et le met dans sa besace.

Dégoûté par sa triste situation, le malheureux hésite à emprunter le chemin du hachoir, pour s'y laisser glisser et périr ainsi, mélangé à la bouillie qui sera épandue sur quelque champ cultivé. Au milieu de son immense désespoir jailli une étincelle, pris d'une soudaine pensée, il se ressaisit.

Il y a, peut-être, une solution : Sarato!

Nul ne sait vraiment qui il est, et pourtant il est connu de tous. Respecté et considéré comme étant la sagesse incarnée. Il paraît qu'il a percé les mystères de notre monde, qu'il voit mieux dans les âmes des gens qu'ils n'en sont capables pour eux-mêmes. De mémoire de Ramacolte, il endosse le pardessus le plus long qui n'ait jamais été porté dans notre noble cité. Outre ses légendaires mérites, il y a une raison plus pragmatique au manque de candidats tentés de le supplanter. L'histoire est connue, car récente, celle du Doge — maître des maîtres des grandes guildes fondatrices — Zorace-le-Merveilleux. Celui-ci avait pris ombrage de ne pas avoir le manteau le plus élogieux de tous. Sachant qu'il serait impensable d'exiger que qui que ce soit de vertueux puisse être tenu de raccourcir son habit, il fit coudre un tissu supplémentaire au sien. Bien mal lui en a pris! Il mourut étranglé quand l'étoffe, dépassant de la cabine de son carrosse, s'est fait happer dans une roue. Cette leçon d'humilité a profondément marqué les mentalités, si bien que Sarato restera l'homme le plus noblement vêtu du monde.

Pourtant, malgré sa très haute position, il est notoirement connu qu'il se soucie des plus miséreux : des sans-vestes. Peut-être acceptera-t-il de venir en aide à un petit gilet, comme moi.

Sans tarder, je me suis mis en route et, comble de chance, sur le chemin serpentant sur le flan du Mont-Ouest, je rattrape Sarato-le-Très-Sage alors qu'il rentre chez lui.

Le Longmanteau, ayant remarqué ma présence, s'arrête et attend que j'arrive à son niveau.

— Tiens-donc! Qui vois-je venir : un "presque-sans-veste" totalement désespéré, n'est-ce pas?

En présence du personnage le plus illustre de la cité, je m'apprête à m'agenouiller pour embrasser l'ourlet poussiéreux du noble habit. Mais Sarato me retient.

— Inutile de s'abaisser à ces fadaises! N'as-tu toujours pas compris l'idiotie que véhiculent les salamalecs inventés par les guildes?

Abasourdi d'entendre de tels blasphèmes dans la bouche du sage, je reste bouche bée, alors que lui enchaîne :

— De parfaites foutaises, mon cher, voilà ce que c'est. Et ça n'est rien de le dire, car c'est encore pire! Et toi, tu es démoli parce que tu ne portes qu'un simple gilet sur les épaules. Tss! Ne te rends-tu pas compte de ta chance? Il fait terriblement chaud, beaucoup trop pour justifier le port de vêtements enveloppant... et avec des manches, en plus! Ridicule!

Mes yeux doivent ressembler à ceux d'un hibou, quand avec peine je parviens à bégayer :

— Mais, j'avais une vraie veste... et maintenant... maintenant... je n'ai plus que ça. Je suis fichu!

— Tss! Tss! Heureux celui qui n'a plus rien à perdre, car il peut enfin apprendre la vérité! Allez, viens : je vais te montrer quelque chose.

Nous continuons l'ascension de la pente. Nous grimpons longtemps.

Parvenu au sommet de la crête, debout aux côtés du Sage, je découvre un spectacle irréel.

Tremblant de tous mes membres, je m'exclame :

— C'est impossible!

— Ne t'es-tu jamais demandé pourquoi les guildes possèdent de si grandes tours, alors qu'elles ne peuvent servir à aucune surveillance? Au-dessus d'une vingtaine de mètres, elles sont borgnes, ce qui rend leur hauteur inutile!

— Je ne me suis jamais posé la question.

— Que croyais-tu, alors, qu'il puisse exister autour de la cité?

— Rien, bien entendu, enfin : le désert sans fin, comme on nous l'enseigne.

Sarato tend le bras et m'invite à balayer du regard les innombrables habitations et jardins qui s'étalent et encerclent tout à perte de vue. Il déclare :

— Voici où sont les femmes! Bien sûr, quelques-unes se cachent dans les grandes tours, mais dans la cité, dans les restaurants et dans les marchés, on en voit jamais aucune.

Comment décrire l'effondrement de mes repères? En moi, plus aucun principe ne résiste à la tornade des doutes.

— Maître, cela ne se peut pas : nous avons établi nos coutumes et nos existences sur les certitudes acquises dès notre enfance. Il ne peut s'agir de mensonges!

— Tous doivent croire à la légende, car ce sont consignes que les Très-Longs-Manteaux sont tenus de suivre à la lettre, s'ils veulent garder leurs privilèges. Imagine, sur la base de ton expérience récente, les émotions mortifiantes auxquelles serait exposé un notable de guilde s'il devait, comme toi, n'avoir qu'un gilet sur le dos!

— Pourquoi?

— Parce que les mâles ont longtemps régné sur le monde et qu'ils ont failli y détruire toute vie. Les femmes ont repris les rênes, et elles ne les relâcheront que si les hommes changent.

— Et quand cela adviendra-t-il?

— Probablement jamais, je le crains. L'évolution est individuelle. Une communauté ne peut guérir que si chaque être vivant devient responsable de soi et retrouve son indépendance. Or, nous en sommes encore loin. Preuve en est cette stupide soumission hiérarchisée. Mais, pour l'instant, remarchons un peu. Il faut que tu récupères. Une bonne tasse de thé, chez moi, t'aidera à reprendre pied.

Nous longeons un chemin suivant la crête jusqu'à atteindre une bâtisse à cheval sur les deux versants. Je remarque qu'une sorte de funiculaire relie la maison de Sarato à la vallée occupée par les femmes. À l'approche de la porte d'entrée, je suis surpris d'entendre des voix s'en échapper. J'ai toujours pensé que le sage vivait seul.

Sarato, d'un signe de la main, m'invite à passer le seuil en premier. Je m'exécute et reste figé d'étonnement.

— Des dames... en chair et en os!

Deux, une plus jeune que l'autre, qui se mettent à rire en voyant ma confusion. Sarato, tout sourire, leur fait la bise.

— Calmez-vous, mes chères amies, je vous en supplie. Le pauvre, rien qu'aujourd'hui, a eu sa dose d'émotions pour une année complète... si ce n'est au-delà! Assoyez-vous, les trois : je vais faire du thé.

Ce faisant, je vois le maître enlever son manteau devant tout le monde — ce qui ne se fait jamais — et le jeter négligemment sur un des poufs libres de la pièce. Cette désinvolture à l'égard de l'habit — fondement même de nos valeurs civilisées — en ajoute à mon malaise déjà abyssal.

Complètement dépassé, les yeux rivés au tapis, je n'ose qu'à peine respirer. La situation est sidérante. Il me semble que mon crâne va exploser. D'ailleurs, je vois trouble; au point de me demander si je ne vais pas m'évanouir.

— Comment t'appelles-tu?

C'est une question, je le sais. Mais, je n'arrive pas à concevoir qu'elle s'adresse à moi.

— Dis-nous quel est ton nom.

Si c'est un ordre, il n'en a pas l'intonation. Malgré cela, je ne parviens pas à desserrer mes lèvres.

Je n'ai jamais rencontré de femme de toute ma vie, et je viens d'apprendre qu'elles sont supérieures aux plus hauts placés de nos Maîtres de Guildes. Aurais-je encore mon ancienne veste — qui était déjà fort respectable — il aurait été impensable de m'adresser à un membre du Conseil... alors, à plus forte raison...

— Ha! Ha! Tu réfléchis trop!

C'est la même voix, celle de la plus jeune, qui m'interpelle à nouveau.

Heureusement, le sage revient avec la boisson promise.

— Les feuilles de cette infusion proviennent de chez vous, mesdames, et je crois bien qu'elles font partie des meilleures cultivées dans les Jardins Est. Et toi, mon gars, ne sois pas si terrorisé. Tu peux répondre aux questions sans crainte. Personne ne va te faire de mal! D'ailleurs, moi non plus ne connais pas ton nom.

Gêné, je me tourne vers Sarato, pour faiblement chuchoter :

— Arakim, maître.

La plus âgée des invitées du sage me donne une tape sur l'épaule.

— Et bien voilà, ça n'a rien de compliqué! Appelle-moi Sirrisse. Mais, bon! Avec un conditionnement comme celui qui t'a été imposé, je peux comprendre l'existence d'un blocage.

La jeune approuve. Du coin de l'œil, je devine qu'elle me regarde.

— Traumatisme, serait un terme plus approprié, je crois. Mais ça se guérit, tu sais? Mon nom est Toliraa.

Extrêmement gêné, je n'arrive pas à trouver quelle attitude adopter. Sarato m'a encouragé à interagir, mais, dois-je d'abord m'agenouiller avant de répondre?

Dans le doute, je penche juste un peu la tête, dans l'espoir que mon interlocutrice lise mon approbation dans ce geste.

On me pousse une tasse chaude entre les doigts. La voix de Sarato, teintée de douceur, m'interpelle :

— Bon, Arakim, mettons les choses au clair!

J'ose lever les yeux, et vois le visage souriant du vieil homme assis en face. Celui-ci continue :

— Ici, on arrête avec les manières ampoulées et futiles qui sont de mise dans la cité : compris? Donc, tu te détends, tu oublies les conventions, et tu respires tranquillement par le nez. Les femmes ne vont pas te manger, au contraire. Dans cette pièce, il n'y a que des individus sensés : pas de supériorité ni infériorité dans nos rapports. Essaye d'accepter le concept! Nous allons bavarder et, si possible, faire de toi un homme libre. Car, vois-tu, la stupidité n'est pas une fatalité. Elle peut être destructrice quand elle n'est pas sous contrôle. Mais il est temps de passer de l'usage pacificateur de la bêtise, au stade d'une migration à l'intelligence. Pour y parvenir, le chemin est encore long, et je me fais vieux. Aussi, je te propose de travailler avec moi... Je dis bien "avec" moi, et pas "pour" moi. Saisis-tu la nuance?

Inconsciemment, je me suis redressé sur mon coussin.

— Non... heu! À vrai dire, je ne comprends pas ce que cela veut dire.

— Bon! Tu apprendras sur le tas. Pour commencer, il te faut l'habit qui convient à tes nouvelles fonctions.

Sarato finit sa tasse et se dresse pour se diriger vers une imposante armoire. Il l'ouvre : c'est une penderie dans laquelle plusieurs très longs manteaux multicolores sont alignés. Le sage tourne la tête et me regarde en fronçant des sourcils.

— Lève-toi, s'il te plaît.

J'obéis. Après un bref instant d'observation, Sarato choisit un habit et me le tend.

— Tiens, mets-le!

Paralysé, je reste là, le bras à l'équerre terminé par mon index supportant le crochet d'un cintre. Ma conscience vacille entre une extase magique et une culpabilité blasphématoire.

Sans l'intervention de Sirrisse, je demeurais bloqué ainsi pendant des heures. Elle s'est levée et m'aide à l'inimaginable : à m'enlever mon minuscule gilet et à m'enfiler le vêtement suprême!

Toliraa modifie la position d'un grand miroir, et j'y vois un étranger qui aurait usurpé mon visage.

Le vieux sage semble deviner mes pensées.

— Oh! C'est bien toi. Te voilà presque mon égal. Aux yeux de tous les habitants de la cité, tu seras même supérieur au Doge lui-même.

J'ai de la peine à respirer, pourtant, pendant que je me rassois, j'arrive à dire :

— Mais je n'y ai aucun droit. Il m'est impossible de porter un tel costume sans l'aval de l'assemblée des chefs de guildes.

— Taratata! Dans une civilisation suffisamment idiote pour se persuader que l'habit fait le moine, il n'y a aucun mal à en profiter s'il en va pour le bien de tous. Qui crois-tu que je suis? Avec ou sans manteau, j'ai toujours été de bon conseil. Or, les pontes n'ont commencé à m'écouter qu'après avoir été impressionnés par l'accoutrement que je me suis cousu moi-même à partir de vieilles fripes trouvées par-ci par-là.

J'explose :

— Un usurpateur... tu n'es qu'un usurpateur, alors?

— Non : un emprunteur. Qui a inventé les règles? D'où sortent-elles? Pourquoi ces valeurs arbitraires devraient-elles avoir la moindre validité? Et si tout cela n'était que du vent? Car il s'agit bien de cela : se soumettre à la bêtise, faire partie d'une majorité qui prône des inepties, ne confère aucune vérité à une existence de mensonges. Les conformistes bien rangés dans leurs petites coutumes ne sont que des prisonniers volontaires. Chacun est responsable de sa captivité quand il privilégie cette situation. Il se persuade de ne pas avoir le choix. Il a peur d'être un exclu... alors que son attachement communautaire est la pire option qu'un individu puisse prendre à l'égard de sa conscience!

Affalé sur mon pouf, la tête entre les mains, je tremble de tout mon corps.

Alors que je me trouve au bord de l'effondrement, Toliraa me force à boire un peu de thé.

Ce que le vieillard affirme avec tant de certitude dépasse tous les blasphèmes qui m'ont été donnés d'entendre. Cela m'affecte au plus profond de mes convictions, et va bien au-delà d'être absolument scandalisé. Parce que, cet homme au plus long manteau, je le croyais le plus respectable de toute la cité. Quel choc d'apprendre qu'il s'était cousu un habit sur mesure à partir de tissus récupérés de gauche et de droite, et qu'il n'a jamais été démasqué jusqu'à ce jour! Pourtant, je n'arrive pas vraiment à lui en vouloir. Il y a du vrai dans ce qu'il dit, et son sourire est plein de sincérité, quand il se tient devant moi.

— Allons, réalise le bourbier qu'ont causé toutes les coutumes. La valeur de l'individu s'est fait laminer. Les codes de l'apparence ont tout supplanté. D'ailleurs, ils sont devenus si compliqués, que tout le monde peut être trompé par un simple manteau! Ne crois-tu pas qu'il serait temps de mettre un brin d'ordre dans cette bouillie de confusion?

Sarato vient s'installer sur le pouf libre, à ma droite, me pose son bras en travers des épaules, et continue :

— Nous avons besoin de toi, Arakim. Les femmes des vastes contrées et la poignée d'hommes qui les connaissent, nous désirons une évolution. Car, tout ne peut pas simplement être révélé d'un bloc. Les réactions seraient catastrophiques! Il s'agit d'un travail de longue haleine. Demain, nous serons deux grands sages à arpenter les places et les rues de la cité. Plus tard, nous serons des dizaines.

Il me semble qu'une lueur de compréhension s'installe dans mon crâne surmené. Encore dominé par le doute, je souffle :

— Mais comment cela pourra-t-il se justifier?

— Oublies-tu que la considération à mon égard est sans bornes? Personne ne pourra m'empêcher d'avoir des élèves ou des disciples, dans un premier temps, puis une Guilde des Sages par la suite. Connais-tu qui que ce soit d'assez audacieux pour m'opposer un refus, si j'en faisais la demande déjà aujourd'hui? Ils croient bien trop à leurs foutus costumes pour envisager une attitude aussi irrespectueuse ! Ha! Ainsi, en augmentant en nombre, nous allons relativiser l'importance accordée aux vestes. Cela laissera davantage de place pour cultiver un sens critique dans la tête des habitants.

Sirrisse touche le bras de l'ancien, pour glisser une remarque judicieuse dans son discours :

— Nous serons attentives à l'évolution des mentalités, surtout pour éviter que la population ne transforme pas votre guilde en une quelconque religion, comme cela se faisait beaucoup durant l'antique période du chaos!

Sarato sourit.

— Oh! C'est juste, il faudra prendre garde à cette possibilité! D'autant que probablement de nombreuses générations devront se succéder pour que les habitudes se dissolvent sans être bêtement remplacées par d'autres, toutes aussi nocives. Mais je cois que cela vaut la peine d'essayer. Ne le crois-tu pas Arakim?

En moi, la tempête s'est calmée. Je me tourne de manière à croiser le regard limpide de Sarato.

Par un simple hochement, j'accepte le défi.

8

L'Île Indigo

Peut-on être heureux tant qu'on n'a pas le choix du lieu où l'on vit?

Je suis un naufragé. Croyez-moi. Et je le suis dans de nombreux domaines!

Bien sûr, en train de vomir mon eau salée sur cette plage, ce dernier accident de parcours en est une démonstration observable de l'extérieur. Toutefois, même s'il devait y avoir des regards pour en témoigner, les spectateurs de ma situation ne pourraient voir toutes les catastrophes qui ont émaillé ma chaotique existence!

Oh! J'ai bien eu d'autres soucis visibles. Mon entourage, ou les diverses personnes croisées sur le chemin pourraient en écrire un livre. Mais les pires épisodes, les plus douloureux, ont laissé des plaies non cicatrisées cachées dans le sac à misères que je suis devenu.

Je me relève péniblement. Affaibli par le ballottement des vagues, je sens mes muscles distendus et mes articulations malmenées de s'être agrippés durant des jours à un morceau de coque. Ma mémoire se refuse à me repasser le film des événements. À quel moment le bateau s'est-il disloqué? Il me semble me souvenir d'un choc suivi d'une multitude de cris paniqués, mais c'est tout.

Pourquoi ai-je survécu, alors que, de tous les touristes, je devais être un de ceux qui devait le plus aspirer à disparaître?

Mon psy, pourtant, avait été bien inspiré en me convainquant d'embarquer sur une mini croisière. Il avait dit : "Puisque vous croyez que votre vie n'est que galère, autant faire un voyage sur un bateau de plaisance!".

… Un sacré plaisantin, ce docteur Poliasky! Aah, ça : quelle intuition!

Cette pensée reste en suspens. Le temps semble s'étirer. La tête me tourne. Incapable de résister, je sombre, comme aspiré par le sable.

Je m'appelle Guntar, je devrais être en train de boire un jus de fruits, assis sous un parasol du pont supérieur de l'As du Sud : un joli yacht de plus de soixante mètres de la proue à la poupe. Mais, au lieu de cela, de la lumière m'éblouit par moment. Ma vue s'améliore. Un peu de soleil passe au travers de trouées laissées par une abondante végétation. Ce défilement a quelque chose d'étrange. J'entends des voix, mais suis incapable de déterminer le langage utilisé.

En fait, je suis couché, et l'on me porte. Il fait chaud et humide. À la conversation en cours, s'ajoutent d'autres bruits : piaillements, du vent agitant branches et feuillages, lointains cris d'animaux inconnus.

Mon corps n'est pas douloureux. Les images de la plage et des débris de bateau me reviennent. Je me sens en meilleure forme. Quelqu'un m'aura soigné, et donné à boire, probablement. Se pourrait-il qu'on m'ait retrouvé et sauvé? Ce serait bien la première fois, depuis longtemps, que des événements trouvent un dénouement positif... Voici qui réjouirait mon psy!

Je m'endors.

L'impression dominante, en émergeant d'un sommeil particulièrement réparateur, est d'une nature si agréable qu'il me faut un moment pour réaliser son importance. À quand date la dernière fois que ce type d'émotion c'est manifesté dans ma vie? Cela doit remonter à mon adolescence, je crois! Dans tous les cas, à une période où je nourrissais encore d'immenses espoirs... avant que mes rêves ne se brisent, les uns après les autres.

Oui : du temps de mes premières amours, des manifs pour un monde meilleur, de la vie de bohème... Ah là, là! Je ne pensais plus jamais ressentir cela avant ma mort.

Cela fait du bien. Même si c'est en vain : rien que de pouvoir être à nouveau imprégné de positivité, vaut tout l'or du monde!

L'armure que j'ai construite pour me protéger des coups durs craque : j'accueille mon flot de larmes avec un sentiment d'immense gratitude.

Mais il est temps, pour moi, de comprendre ma situation. J'ignore où je me trouve. La plage, puis une forêt de type tropical, et maintenant cette chambre dont la décoration tient d'un mélange exotique évoquant autant une yourte nordique, une tente berbère, et une case d'Afrique centrale, me laissent perplexe. Il n'y a rien ici qui me permet de me référer à des repères familiers. Finalement, comme je ne fais l'objet d'aucune contrainte, et que rien ne me menace directement, je dois prendre le risque de provoquer une réaction de la part de mes hôtes.

J'appelle : "Ho! Y a-t-il quelqu'un? Peut-on m'expliquer ce qui se passe?"

Une réponse ne se fait pas attendre : ce qui ressemblait à une porte est en réalité une sorte de store qui remonte en s'enroulant. Deux personnages — un jeune homme et une femme d'âge mûr — d'allures amusantes dans leurs vêtements originaux entrent avec des mouvements empreints de douceur.

La dame avec un chaleureux sourire m'adresse la parole :

— Opnammi colotinak sèssopi nagor.

— Oh là, là! Attendez! Si c'est votre nom, il est un peu long. Je n'arriverai pas à m'en souvenir. Le mien est Guntar.

À peine ai-je terminé ma phrase, que leur attitude change sensiblement. Le jeune homme a l'air presque vexé, alors que la femme fronce les sourcils, avant d'ouvrir de grands yeux et lever une main pacificatrice :

— Tnotpa Guntar kosè mitarbor.

Voyant ma grimace d'incompréhension, elle rit et chuchote quelques syllabes à son compagnon. Celui-ci se déride et, souriant, me fait signe de les suivre.

Ce que je découvre en passant le seuil de mon gîte est surprenant : il s'agit de tout un village, dont les habitations sphériques semblent tressées ou vannées avec les plantes sortant naturellement du sol, qui grouille de vie et d'occupations. De l'index, la femme me désigne l'autre bout de cet étonnant ensemble architectural. J'en profite pour tenter de les amadouer à ma manière :

— Vous savez, vous n'avez rien à craindre concernant les frais que je pourrais vous occasionner. J'ai une très bonne assurance. Je peux vous garantir que vous n'aurez pas le moindre sou à dépenser, au contraire! Même s'il faut faire appel à un hélicoptère, celui-ci serait intégralement pris en charge par une clause spécifique de mon contrat. Je suis très bien couvert.

À côté de moi, le jeune homme hausse des épaules, et répond :

— Tolaki essop grinilu.

Nous atteignons ce qui semble être l'endroit désigné précédemment. Une forte odeur de fermentation plane dans l'air. La femme se remet à rire en pointant son doigt en direction du cadavre d'un pauvre animal ressemblant à un croisement entre un rat et un kiwi :

— Hi! Hi! Guntar kosè!

J'écarquille des yeux :

— Heu! Cela signifie-t-il que, dans votre langage, Guntar est une affreuse et dégoûtante petite bête crevée?

La femme me dévisage. Maintenant pensive, elle se frotte le menton :

— Tsènè kot itanira mossip.

Puis, elle me prend par la main, pour refaire le chemin inverse. Les gens nous regardent passer, et les enfants courent autour de nous... enfin : autour de moi, plutôt. Arrivée à l'entrée de ma chambre d'accueil, elle pose une paume sur le thorax du jeune homme et prononce : "Yopa, Yopa". Ensuite, elle se désigne elle-même : "Torio, Torio". Puis, elle tapote mon torse en disant : "Tsèpo ivo Guntar sommi tsèpo, tsèpo!" Elle insiste : "Utar, èpta Utar kosè!"

J'essaye de comprendre. Lui s'appelle Yopa, elle Torio. Par contre, mon nom Guntar ne semble pas convenir. Il n'y a qu'un moyen de tirer ceci au clair. Je désigne l'homme et prononce "Yopa". Puis je me tourne vers ma guide : "Torio". Les deux acquiescent. En dernier, je pose ma main sur mon plexus et déclare : "Utar".

Les deux, en bon public, applaudissent.

Ici, je m'appellerai donc Utar... bien! Mais, cela ne règle toujours pas le problème de mon hébergement ni celui de mon retour dans mes pénates.

Ma situation pourrait, de toute évidence, être pire. Ces gens-là ne sont pas des sauvages mangeurs d'hommes. Ils sont accueillants et d'une générosité époustouflante. Ils m'ont certainement sauvé la vie, et pourtant ne semblent rien exiger en contrepartie. Mon inquiétude réside dans l'impossibilité de communiquer avec eux... mais également à celle de ne pouvoir communiquer avec le monde. Il n'y a aucune trace de téléphone, d'internet... comme il n'y en a aucune d'électricité, d'ailleurs! Mon smartphone a disparu lors du naufrage, si bien que j'ignore s'il existe du réseau dans la région.

Torio m'extirpe de mes pensées. Elle me prend la main gauche et la soulève au-dessus de nos têtes en haranguant la population affairée :

— Loki Utar mossip kota?

La plupart des personnes présentes, enfants compris, se lèvent ou lèvent une main en prononçant "tol", comme une approbation.

Tout ceci est fort troublant. Aussi, je demande :

— Qu'est-ce qui se passe?

Torio me sourit et me dit en désignant la microfoule :

— Iko mossip Utar Loki kota!

Une fillette s'approche. Elle doit avoir environ dix ans. Torio met ma main dans celle de l'enfant. La petite me regarde avec les immenses cerises qui lui servent d'yeux et me tire dans l'espace situé entre les habitats. Arrivée au centre du village, elle pose ses doigts sur sa poitrine et m'annonce, avec sa jolie petite voix chantante :

— Moss èpta. Moss Utar mossip.

Je comprends qu'elle s'appelle Moss... puis, jusqu'au coucher de soleil, la fillette me présente un objet après l'autre. Chaque fois, elle en prononce le nom, et me le fait répéter à plusieurs reprises. Elle doit tout le temps me corriger. C'est amusant, cette petite est mon professeur!

Après deux semaines paradisiaques, j'arrive presque à converser avec les membres de cette communauté. Évidemment, je les pousse encore beaucoup à rire, parce que je me trompe souvent de termes. Mais, dans l'ensemble, je suis assez fier de moi.

Tout naturellement, au fil des jours, je suis de plus en plus participatif. Par exemple hier, j'ai capté "itula" — cueillette — dans une discussion. Immédiatement, je me suis proposé à me joindre au groupe pour les aider à trouver des fruits dans le sous-bois. Ce matin, j'ai appris à faire du feu et à cuisiner une sorte de melon farci. Tous sont si sympathiques, ici, que j'en viens à souhaiter qu'on ne me retrouve jamais. Après tout, que me restait-il à espérer de ce monde de fou, là-bas, dans un "chez-moi" parfois tellement hostile?

J'ai découvert, aussi, que je me trouve sur une île isolée. Elle est, malgré sa dimension imposante et la hauteur de ses monts — probablement d'origine volcanique - habitée exclusivement par ma peuplade d'accueil. Il n'existe aucun port de plaisance ni hôtel. Pour une raison qui m'échappe, cette île semble vierge de toute salissure mercantile. À croire qu'elle n'a pas encore été répertoriée ni dessinée sur une carte.

Apparemment, cela devrait prolonger mon séjour... du moins, je l'espère.

Un beau matin, tout le village est en train de chanter devant ma case. Il me faut du temps pour comprendre. Personnellement, j'ai perdu le compte des jours. Or, eux, non! Ils sont venus fêter l'anniversaire de mon arrivée parmi eux. Inutile de préciser que je n'ai pu maîtriser mes émotions ni m'empêcher de me mettre à pleurer.

Ils sont extraordinaires!

Me voici donc un des leurs depuis plus d'une année, et je n'ai jamais été aussi heureux de ma vie. Pourtant, une ombre plane sur mon bonheur : quand ce merveilleux rêve va-t-il se briser?

Car, immanquablement, les sbires de la société retrouveront ma trace. Des cinglés — soi-disant civilisés — vont venir piétiner l'harmonie de cet Eden. Serai-je responsable d'une telle catastrophe?

Torio, qui est restée ma référente malgré mon excellente intégration, est maintenant une sorte de grande sœur. Elle passe souvent me rendre visite pour me proposer de nouvelles expériences, des excursions plus audacieuses. Elle est formidablement intuitive, et, quand je suis en sa présence, je deviens probablement totalement transparent.

Aujourd'hui, plus qu'un autre jour, elle me dévisage longuement et avec une insistance particulière :

— Hum! Il me semble que tu es encore plus préoccupé qu'hier. Je vois bien qu'un souci te ronge. Tu ne devrais pas t'inquiéter à ce point!

Je dodeline du chef :

— Tout de même, ici, vous ignorez tout du monde

extérieur, de la société d'où je viens. Vous ne vous imaginez pas la nuisance que cela représente. Vous êtes en danger, et c'est un miracle que cette île n'ait pas déjà été recouverte de bungalows remplis de parasites milliardaires!

— Non, Utar, ce n'est pas un "miracle".

— Pourtant, vous avez été épargnés, jusqu'ici!

— ... Et nous le serons encore longtemps.

— Comment peux-tu en être si sûre?

— Parce que ceux dont tu crains l'invasion ne parviendront jamais à nous trouver.

— Ha! Voilà : tu ne te rends pas compte des moyens à leur disposition. D'ailleurs, en ce moment même, il est possible qu'un spationaute nous photographie depuis la station orbitale!

— Non.

— Tu fais du déni!

— Pas du tout Utar. Aimerais-tu que je te montre ce qu'ils distinguent de là-haut, ou s'ils s'approchant de notre île?

Ma mimique perplexe doit être une réponse en soi. Torio me fait signe de me pencher vers elle.

— Là : pose ton front dans la paume de ma main, ainsi. Maintenant, ferme les yeux. Que perçois-tu?

— Je vois la plage où j'ai échoué, ainsi que la lisière de la forêt et le mont neigeux en dessus.

— Très bien! Alors, voici ce que les autres voient : regarde bien.

— Eh! Mais : tu as tout effacé. Il ne reste que l'azur, celui de la mer, quoique d'un bleu plus soutenu.

— Exactement, tout n'est que question de perception. Un cerveau embrumé ne capte qu'une infime partie de la réalité... ou, plutôt, se crée une réalité qui correspond à sa sensibilité.

Je hoche la tête.

Souriante, Torio sort de ma pièce et je la suis.

Une indescriptible quiétude m'envahit. Je suis ici chez moi : "mon vrai chez-moi"! Je vais vivre et mourir sur cette île, sur ce monde à part, l'Île Indigo où l'idéal existe et persiste.

Dommage que mon psy ne puisse voir ça!

9

L'amour ignifuge

Si tu ne veux être brûlé, éloigne-toi des flammes!
Ma mère me répétait ça dès que j'avais atteint
l'adolescence, chaque fois que je m'apprêtais à sortir en
boîte.
Depuis, le temps est passé, et je suis quitte de la
surprendre me garnir les poches de veste de préservatifs,
puisqu'elle n'est plus de ce monde.
Il faut dire qu'elle n'a pas été une femme spécialement
coincée. Il est probable que je ne connaîtrai jamais, ne
serait-ce que la moitié de ses frasques de jeunesse, mais
avec le peu qu'elle m'en a raconté, je peux garantir que j'ai
été à bonne école en matière de techniques de drague!

Le serveur me tire de mes pensées : "Votre café et le verre
d'eau, monsieur".

Confortablement installé sur la terrasse du Cristal Hôtel,
je saisis le célèbre catalogue "Fame" négligemment posé sur
le guéridon.
La vue du haut des cent trente-deux étages de la tour est
certes imprenable, mais il n'y a pas grand-chose à en retirer
concrètement. Il en va tout autrement dans les pages de
l'ouvrage fourni par la direction de l'établissement.
Le cahier est fabriqué à l'ancienne, avec de l'authentique
papier, des photographies et des commentaires imprimés à
l'encre. Seules les institutions les plus huppées peuvent se
permettre un pareil luxe! J'apprécie.
Les lumières s'adaptent, compensant l'assombrissement
extérieur. Notre astre, cet éternel couche-tôt, fait aussi bien
de disparaître, car c'est après la nuit tombée que la vraie vie
commence! Surtout ce soir, ici, où l'héritier Ventuz, Alphonse
de son prénom, donne une réception privée dans la disco
du sous-sol. Le bougre a tout réservé sur deux jours!

Bon! Il faut dire qu'il en a largement les moyens. Il n'empêche que j'ai bien fait de nourrir nos relations, grâce auxquelles j'ai l'honneur d'être invité. Il va avoir du monde, c'est certain... surtout du joli linge. Ce genre de fiesta haut de gamme n'attire que des perles : les filles les plus canon qu'on puisse rencontrer loin à la ronde.

Jeu du destin : une équipe d'amis débarque au belvédère, visiblement une faune qui se prépare à passer la même soirée que moi. Ma satisfaction monte d'un cran alors que j'observe les gonzesses du groupe. Mazette, toutes de super plantes!

Pendant que je planifie ma stratégie d'approche, trois nouveaux couples arrivent. Apparemment, ils connaissent les gens de la dernière entrée... et là : c'est le flash!

Indéniablement, je viens de repérer la plus craquante nana qui soit débarquée depuis que je suis ici.

En pro dans ce genre de situation, j'attire l'attention de la sublime créature visée en appelant le serveur. Je paie, en plaisantant avec lui comme si j'étais un habitué des lieux. Mon généreux pourboire l'encourage à admirablement entrer dans mon jeu. La prochaine phase consiste à simuler mon départ, afin de provoquer un sentiment de regret chez les filles. C'est élémentaire : il faut savoir se faire désirer. Un mac comme moi, ça se mérite!

Toutefois, alors que j'avais jusqu'ici fait comme si je ne les avais pas vus, j'évite quelques chaises de manière à passer "accidentellement" près de leur groupe, et, au moment fatidique, fais mine de les remarquer pour la première fois.

Ne laissant pas paraître la fierté que je ressens à l'égard de ma subtilité, je m'adresse à l'équipe, en prenant garde de ne pas regarder directement la fille que je convoite :

— Hola, mes chers! À tout hasard, ne seriez-vous pas des amis d'Alphonse, prêt à vous embarquer dans sa super-fête de ce soir?

Un grand blond se forge un sourire de circonstance pour me renseigner sur un ton qui se veut sans arrogance.

— Tout à fait! Plusieurs d'entre nous avons fait nos études avec lui.

Cette réponse me fait intérieurement rire, mais je n'en laisse rien paraître. Il est évident qu'Alphonse et ses co-universitaires n'ont été que des progénitures de grosses fortunes. S'ils ont reçu leurs diplômes, leur assiduité aux cours n'y aura sûrement été pour rien!

Avec mon savoir-faire, je ne reste pas longtemps debout. Très vite, ma prestance fait mouche, et l'on m'invite à me joindre à la tablée.

Jusqu'à présent, mon plan fonctionne à merveille.

La grande frime commence, mais la fille se la pète complètement. Elle est consciente de l'effet qu'elle provoque, et tous les mâles sont à ses pieds.

Or, je connais la musique! Ce type de situation est un classique du genre : je cerne ces minettes-là comme si je les avais tricotées. Futé comme à mon habitude, je complimente d'abord la voisine directe de la star. Une façon, pour moi, de prouver qu'elle et moi sommes au même niveau : le top du top. La nature fait bien les choses si on l'y encourage! Encore quelques bons mots bien placés, et ma cible reconnaîtra que je suis le seul partenaire qui puisse lui convenir. La suite s'annonce sous les meilleurs auspices. Avec l'air de ne pas y toucher, et sur un ton détaché, j'échange quelques phrases anodines avec la plus sublime : la fameuse Belinda. Je ne me souviens déjà plus du nom des autres, mais ceci n'a évidemment aucune importance.

Autour de minuit, nous prenons l'ascenseur et descendons au premier sous-sol. Quand la porte s'ouvre, la musique nous submerge et nous pénétrons dans un tsunami de débauche visuelle… et sensuelle.

Alphonse a dû payer des gens, pour qu'ils viennent mettre de l'ambiance avant l'heure. Le connaissant, ce serait assez son style. Bien sûr, cela se remarque : tout le monde n'a pas la classe!

J'entre dans la fête.

La soirée s'annonce intéressante, avec son mélange des genres assez cocasse : du beau linge, mais aussi ses figurants de seconde zone. Des types qui ne pourraient jamais payer, aux filles qu'ils voudraient aborder, les cocktails que la plupart boivent à l'œil ici!

Contrairement à ces pauvres types, je ne risque pas de passer une soirée ratée. Non seulement je suis blindé de tunes, mais, en plus, j'ai ma petite réserve de coke. Tout est là pour suivre mon plan.

D'abord, il faut attirer l'attention : clairement démontrer qu'on est le meilleur. Avec ma méthode, ça ne loupe jamais. D'ailleurs, en moins d'une heure, les nénettes me tournent déjà autour comme des abeilles le feraient en présence d'un pot de confiture. Mais je m'en désintéresse, celles-ci ne comptent pas. Mon objectif est la star absolue de la soirée. Elle, je vais l'emballer au nez et à la barbe de la concurrence!

Toutefois, l'approche n'est pas aussi commode que d'habitude. Cette fille est une pro du charme, et ne se laisse pas ferrer si facilement. Ce défi m'excite : il faut se la jouer fine. Par moment, ma cible fait preuve de choix déroutant. Se joue-t-elle de moi en me faisant croire que je pourrais être transparent?

Apparemment, elle connaît toutes les ficelles de la séduction, comme si elle utilisait des techniques similaires aux miennes. Finalement, il ne sera que plus gratifiant de l'attraper.

Je tente une nouvelle approche. Bien qu'elle ne peut avoir omis de me voir, elle repart comme une anguille.

Depuis un certain temps, elle me paraît même être attirée par un des figurants. C'est totalement impossible, évidemment. Surtout pas par cet exemplaire-ci!

Le type, enfoncé dans son fauteuil, insignifiant parvient presque à se distinguer par son attitude désintéressée. Il apparemment est très aimable, mais n'a absolument pas l'air de vouloir tirer profit des occasions qui se présentent à lui.

Soudain, j'ai un doute : serait-ce une stratégie inversée? Car, oui, j'en ai entendu parler. Il y a des mecs qui charment les tourterelles par des manières franchement anti-drague! Au premier abord, ça semble absurde. Mais, ce gars est spécial. Il n'est pas mal à l'aise, comme les autres bouche-trous, non, celui-là est juste relax : assis, il observe, parfois en souriant, parfois en haussant imperceptiblement des épaules.

Dans le fond, il est peut-être très fort! Sa combine risque de porter ses fruits. Je pourrais même en retirer de la graine. La belle, qui n'a cessé de se faire draguer par tout le monde, serait-elle intriguée par ce genre d'oiseau?

Un peu lassé, de l'énergie nécessaire à conquérir la seule fille qui m'intéresse, je décide de me rapprocher du phénomène. Je profite d'un fauteuil libre à côté du fameux discret. Il faut que j'étudie ce lascar de près!

C'est au moment ou j'essaye d'engager la conversation avec le figurant que mon espoir renaît : miss univers se dirige exactement vers où je me trouve!

C'est parfait! Elle en a marre de se trémousser pour allumer les autres, et a enfin compris qu'elle aurait pu me choisir dès le départ. Il était temps, à la bonne heure!

Merveilleusement belle, elle est là souriante.

Mais au lieu de s'adresser à moi, elle se tourne du côté du bonhomme insignifiant... et le gars ne bronche pas!

La tigresse minaude :

— Salut toi, comment t'appelles-tu?

— Seth, et toi?

— Belinda. Dis-moi, comment est-il possible que tu ne m'aies pas encore proposé un verre? Tu es aussi le seul à ne pas être venu te trémousser vers moi pour me draguer. Tu ne me trouves pas assez belle?

Seth, avec un naturel désarmant, nullement impressionné, fait pivoter sa tête de côté pour la regarder attentivement.

À ce moment - n'importe quel mec normalement constitué aurait sauté sur l'occasion pour lui faire du rentre-dedans, et se la mettre dans la poche - il lui répond de la manière la plus étrange qui puisse être dans pareille situation :

— Belinda, connais-tu la différence entre une fille très jolie et une fille belle?

Prise au dépourvu, la nana rétorque tout naturellement, tout en minaudant :

— Mais, il n'y en a aucune!

Et lui de continuer avec son improbable style :

— Oh! Si, et la différence est énorme. Une fille peut avoir bénéficié d'un excellent mélange d'ADN, et devenir de plus en plus ravissante en grandissant. Bien entendu, il n'y a aucun mérite à cela : c'est un coup de bol. D'ailleurs, ses parents n'y sont pas pour grand-chose non plus. Par contre, une fille est vraiment belle quand elle se rend compte de la chance qu'elle a, et qu'elle ressent de la gratitude envers la vie qui lui a fait cadeau de cette beauté. Alors, là, elle rayonne! C'est cet état d'esprit qui lui donnera cet éclat particulier. C'est cela qui la rend belle.

Belinda, tu es sculpturale, cela ne fait aucun doute. Que tu aies tant de succès est parfaitement normal. De ne pas te faire la cour n'a rien à voir avec mon orientation sexuelle ni avec un quelconque manque de goût. Mon attitude est simplement observatrice. Tout est si superficiel, ici. J'en suis si étonné, que cela accapare toute mon attention.

Il se prend pour qui, ce merdeux ? Si nous n'étions pas en pareille bonne compagnie, je lui foutrais mon poing dans la gueule! Le pire, pour moi qui maîtrise les situations galantes en général, est que je n'arrive pas à m'insérer dans la discussion.

Belinda me coupe l'herbe sous les pieds, mais sans s'en rendre compte. En fait, c'est comme si je n'existais pas.

— Ah! Tu trouves que tout ceci n'est que de la frime...

Durant un moment interminable, on entend plus que la musique, et encore, comme si elle était étouffée et lointaine.

Visiblement, Belinda ne s'attendait pas à ce genre de considération. Son expression change, prend de la profondeur, se part d'humanité. Pendant quelques instants, la star superficielle fait place à une jeune femme posée.

Mais, la transition est sans doute trop brusque, pour une personne si peu entraînée à la réflexion.

Pourtant, le sourire qu'elle envoie à l'étrange Seth est probablement le plus doux qu'elle ait adressé à un mâle de toute la soirée. Elle se lève en s'appuyant d'une main attentionnée sur l'épaule du donneur de leçon.

J'en suis ébahi. Cela doit se voir, car c'est à ce moment que la superbe Belinda me remarque enfin. Je tente de lui présenter un visage reflétant mon charme accrocheur. Mais je sens que mon effort vire à la grimace et tombe à plat.

Normalement, je devrais me remplir de fierté d'avoir atteint mon objectif. Au lieu de cela, un étrange malaise s'insinue en moi, lorsqu'elle me tend sa main et me lance :

— Alors, beau gosse, toi, tu ne vas pas vouloir louper l'occasion de venir danser avec moi, je présume.

J'avais bel et bien prévu de la conquérir, mais la tournure que cela prend me déstabilise complètement. En plus, au moment de quitter la table, je vois la sublime Belinda faire un clin d'œil au pauvre loser… Et l'autre abruti lui répond par un sourire quasi complice!

C'est à n'y rien comprendre!

J'ignore pourquoi, mais je me sens bizarrement nul.

10

Point de vue

D'ici, le panorama est exceptionnel! Je domine toute la plaine et mon regard embrasse les caressants vallonnements de cette région. Il y a bien ces éboulements de roches aux arêtes vives sur la gauche, mais, par contraste, ceci ajoute encore à la douceur des ondulations des dunes.

Dès le premier jour de mon arrivée, j'ai ressenti un immense sentiment de gratitude envers l'existence. Je fais indéniablement partie des privilégiés.

Être en cet endroit m'a toujours semblé enchanté, imprégné d'une histoire oubliée de tous et d'une élégance mystérieuse.

Mais cette fois-ci, il y a plus encore!

Cet hiver est particulier, le premier du genre : il neige ici!

Les cristaux étincelants combinés en fins pétales de deux à trois centimètres de diamètre, virevoltent avec une lenteur majestueuse et à bonne distance les un des autres, avant de se poser.

Une couche de flocons s'est accrochée de ce côté-ci de la vallée. J'adore regarder mes pas se marquer dans le demi-centimètre de blancheur qui est tombé cette semaine.

La luminosité, amplifiée par la réverbération, transforme littéralement le paysage. Bien que connaissant la moindre bosse et le plus petit creux, cette nouvelle clarté me dépayse singulièrement. Rien à voir avec l'hiver dernier!

En cette même période, on ne pouvait qu'à peine constater une toute fine pellicule de rosée gelée sur les plus hauts promontoires.

Il me vient un sentiment que je croyais perdu ou enfoui pour toujours dans le lointain passé de mon enfance : l'amour d'être vivant! Simplement.

Je stationne là, yeux ouverts, bras ballants : contemplatif. C'est si bon de se laisser aller!

Le soleil reste timidement derrière moi... comme s'il voulait respecter ce que je ressens. L'idée me rend encore plus souriant. Évidemment, d'ici quelques heures, l'astre ne se gênera pas de monter à son zénith et il vaudra mieux être à l'abri. Il ne faut pas présumer de sa complicité, tout de même, et les journées sont bien longues!

L'appréciation est vraiment sujette à subjectivité. J'en connais beaucoup qui ne pourraient se passer de la promiscuité des villes surpeuplées, des rumeurs et des bruits qui enveloppent les moindres recoins.

Venir ici, et fuir les miasmes, correspond pleinement à mon tempérament.

Quand un environnement est aussi sélectif que celui-ci, soit on l'adore, soit on ne le supporte pas!

Neshia, une femme exceptionnelle et que je n'oublierai jamais, s'est embarquée sur le cargo de retour du mois dernier.

C'est très dommage. J'aurais tant aimé qu'elle reste!

Elle avait pourtant, comme nous tous, passé tous les tests avec brio...

Il est vrai que Sledovic a tenu une année de moins, lui...

Quant à moi, j'entame ma sixième année et il est exclu que je m'en aille! J'adore ces teintes, ces crépuscules aux reflets bleutés et orangés. Toutes ces étendues silencieuses et même les tempêtes et leur cortège de stress momentané — quand il faut aller vérifier les amarres des serres et l'étanchéité des dômes — me plaisent.

Tout, ici, est imprégné d'un charme magique. Tout y est si différent!

S'adapter à un lieu qui peut être si hostile, pour le rendre viable et les espérer sympathiques, est une aventure merveilleuse!

Je ne suis heureusement pas le seul enthousiaste sur cette boule de pierre. Certains le prouvent très concrètement, puisqu'il y a déjà eu deux naissances et que deux autres enfants vont venir sur ce monde d'ici quelques mois!

Il suffira d'une génération complète d'habitants pour que notre présence paraisse "normale".

Un jour, peut-être, regretterais-je que nous ayons réussi ce qui semblait être, au départ, si utopique.

Quelques nouveaux flocons me tirent de mes rêveries. J'ai tout le temps de les admirer, dans leur lente descente. Ils sont maintenant un peu roses, probablement à cause de la poussière fine qu'une lointaine tornade a dû soulever et propulser très haut dans les volutes basses du nuage. Manifestement, la pigmentation est très récente, car seuls quelques endroits s'habillent de teintes moins blanches. Cela ne se remarque que peu, le soleil adoptant, lui aussi, une coloration similaire.

Une pensée toute pratique me traverse l'esprit et je jette un œil sur ma montre. J'ai encore dix bonnes minutes devant moi, rien que pour moi. Un pur luxe en ces lieux, autant en profiter. Pas la moindre trace d'une éventuelle naissance de tempête n'est visible. Le ciel, nappé que de quelques nuées vaporeuses, est assez clair; même du côté sud, où se forment habituellement les cyclones d'hiver. En tournant légèrement la tête vers la droite, la carrosserie de mon nouveau véhicule solaire me lance un reflet comme un signal.

Oui, bien sûr, je pourrais flâner un peu plus… mais il faut demeurer prudent et ne pas abuser des bonnes choses!

D'ailleurs, un petit "bip" m'avertit qu'il ne me reste plus que cinq minutes pour rentrer à la base. Sans trop me hâter, je jette encore un dernier coup d'œil sur le panorama et, par enfantillage, le talon de ma botte trace vite un cœur dans la ouate glacée. Qu'elle est douce, cette émotion : mélange d'émerveillement gamin et de satisfaction d'adulte, qui accompagne mes pas.

Je prends bien garde à éviter la mousse turquoise qui s'est mise à se développer jusqu'ici. Elle est si précieuse! Trois des huit collines environnantes en sont déjà recouvertes. D'ici quatre ans, la surface végétale aura triplé. Elle continuera sa conquête vers le nord et vers le sud. On ne verra presque plus l'ocre du sol. Le lichen va s'épaissir et, grâce à lui, il y aura alors assez de neige pour faire du bob!

C'est fou!

À mon approche, le sas arrière de la voiture s'ouvre dans un soupir mélancolique. À peine se referme-t-il derrière moi, que la soufflerie-aspiration s'enclenche automatiquement et nettoie mon scaphandre de toutes poussières et autres bactéries. En entrant dans l'habitacle, par réflexe, je vérifie rapidement la charge des batteries de propulsion tout en m'installant aux commandes. Ce nouveau modèle est splendide! Elle fait partie des plus récents arrivages de la Terre; que de perfectionnements ont été ajoutés depuis la dernière série! Mise en caisse en kit, je l'ai montée hier, en compagnie de cinq de mes collègues qui étaient venus me rejoindre dans le hangar technique.

Le démarrage se fait en douceur et sans le moindre bruit. En trois minutes, j'atteins ma destination. Les dômes translucides sont immenses, mais on ne s'en aperçoit vraiment qu'en les approchant, tant les alentours sont vierges de tout repère.

Lors d'un retour, on procède de la même manière qu'à l'embarcation. Mais tout est plus grand, avec un premier compartiment étanche qui pourrait contenir deux gros transporteurs. On fait entrer le véhicule pour qu'il y soit aspiré, désinfecté, etc. La deuxième ouverture me mène à la zone de stationnement.

Débarrassé de mon scaphandre et léger comme une plume, je passe dans la partie habitable pour aller rejoindre les autres au réfectoire. Il y règne une atmosphère parfaitement inhabituelle. Cinq de mes collègues parlent météorologie en gesticulant. Ils m'invitent à leur table et c'est avec plaisir que j'y consens.

Nous sommes toutes et tous plus excités que des gamins dans une fête foraine où l'accès aux attractions serait offert!

Spectacle grandiose : les gros flocons, telles de petites méduses, glissent sur les vitres bombées. Dans ces conditions et cette ambiance, les surfaces transparentes et polarisées de la salle nous transportent dans un grand sous-marin. Ce pourrait être le Nautilus du capitaine Nemo, s'il ne manquait pas la faune — poissons, poulpes et calamars —

qui devrait, alors, s'égailler dans ce décor ocre et blanc.

L'unique nuage forme un anneau étroit autour de la planète rouge. Le peu de vapeur quittant le sable et les amas de mousse n'en permet pas davantage. Un jour, Mars aura probablement ses périodes de grisaille pluvieuse.

J'entre dans le grand séjour. Pour l'instant, c'est l'heure de la pause matinale. Trois équipes des laboratoires de biochimie sont arrivées et succombent à la liesse ambiante. Nous sommes dix-neuf adultes... malgré les apparences.

Le débat est si joyeux et volubile, qu'il est difficile de croire que toutes les personnes présentes sont, en fait, des scientifiques de très haut niveau! On tente d'expliquer ses premières émotions, on a même de la peine à retenir ses larmes, alors que s'échafaudent mille théories sur l'avenir.

Et puis, quelqu'un pointe son index...

Soudain, tout le monde se tait. Les mouvements s'arrêtent. Les yeux brillants fixés sur une seule cible. Les sourires s'accentuent. L'air se remplit d'une douce sérénité.

C'est le moment le plus magique depuis notre arrivée à tous.

Derrière le mince rideau de flocons, juste en dessous de la courbe nuageuse, une minuscule boule bleue et étincelante est apparue à l'horizon : un levé de Terre au-dessus des monts martiens partiellement enneigés. La nouvelle atmosphère de Mars est plus dense, plus humide et provoque un effet de loupe qui permet, enfin, de voir notre planète d'origine à l'œil nu.

Simplement fabuleux!

11

Le baron de Missemuli

Pendant des décennies, la région avait tant souffert de l'exode de ses habitants, qu'il fallait agir... et vite! La mesure, pour repeupler les trois villages entourant les ruines de l'ancien château de Missemuli, imaginée par Hermano Botalli le maire de l'époque avait convaincu les élus en place à vendre les maisons vides au prix du verre de vin dans la dernière auberge encore ouverte. Inutile de préciser que la décision fut unanimement adoptée en fin d'une soirée passablement arrosée.

Le projet de donner la possibilité à des familles, ou des privés peu fortunés, de démarrer une nouvelle vie dans la région avait même enthousiasmé les quelques autochtones restants. Les plus âgés se voyaient déjà devenir grands-parents de substitution, et les plus jeunes caressaient l'espoir qu'apparaisse une dynamique plus festive pour drainer des foules de touristes généreux. Somme toute, l'architecture inchangée, avec ses murs de pierre sèche, ses toits couverts de tuiles romaines ou de plaques d'ardoise, et ses chemins de cailloux usés dessinant les courbes des terrasses, ne manque pas de charme. La région jouit d'un climat sans hiver et son paysage peut faire rêver plus d'un. Malgré les efforts substantiels à fournir pour y cultiver et élever de quoi se nourrir, des arguments positifs existent.

Ainsi, l'effervescence conquit les trois bourgades, alors que les demandes d'achat affluèrent.

Or, la bonne idée du maire prit une tout autre tournure que celle originellement prévue.

La roche pourrait se mettre à fondre sous ce soleil de plomb, quand la colonne de 4x4, longue chenille recouverte de poussière, atteint le groupe de hameaux au sommet de la colline.

Un fumeur de cigares sort du véhicule de tête.

— Voici donc Missemuli! Je comprends mieux le deal, du coup. Armand! Dis à Gérard de ramener son cul fissa!

L'acolyte file jusqu'à la queue de la procession. Un type, visiblement contrarié, quitte la dernière voiture du côté passager. On n'entend pas ce que les deux baragouinent, mais, après avoir poussé de côté Armand, le dénommé Gérard s'approche rapidement de celui qui semble bien être leur chef.

Arrivé en tête du convoi, le nouveau venu boit une gorgée de sa bouteille d'eau minérale, mais ne la propose pas à l'homme au cigare. Il fronce simplement du nez et ronchonne :

— Dis donc, Martin, t'es toujours aussi sûr d'avoir fait une affaire?

Sa remarque lui vaut le regard courroucé de son patron.

— Y'a du potentiel, ici. Mais tu ne peux pas le voir. Ça n'est pas pour rien que tu es mon second. C'est moi qui fais les bons plans. Toi, tu les fais exécuter. C'est tout! En plus, acheter soixante baraques et neuf acres pour moins de deux mille balles, ça ne peut pas être une mauvaise affaire. De toute manière, on a les moyens pour retaper tout ce bazar, même au prix fort. Et toi, au lieu de rester là comme un abruti, va me chercher le maire du bled!

Gérard, connaissant l'impulsivité du chef, obéit sans rechigner. Mais, merde, qu'il fait chaud et que ce putain de chemin est raide!

Deux filles sortent du 4x4 de Martin. La première, blonde platine, se tord immédiatement la cheville et se met à pleurnicher. La deuxième, une rousse équipée plus sportivement et très à l'aise dans ses baskets, jette un œil neutre sur le groupe de maisons le plus proche.

— Dis mon chou, ne voudrais-tu pas une collation, en attendant?

— Ah! Venus : comme j'apprécie tes initiatives... dans tous les domaines. Tu es une perle, ma belle!

L'autre fille ronchonne :

— Ça y est : la voilà qui profite de nouveau de la situation pour t'embobiner!

Pendant que Venus a déjà presque terminé l'installation

d'une petite table pliante, et qu'elle y pose le sceau d'où émerge le champagne, Martin a rejoint la demoiselle rivale et lui a saisi le menton sans ménagement.

— Personne ne m'embobine, Claris, personne... jamais! Si c'est pour dire des trucs qui m'énervent, tu ferais mieux de la boucler. C'est clair?

Claris, terrorisée, se défend en minaudant.

— Mais, chéri, pardonne-moi. C'est cette cheville qui me fait mal. Ça me rend de mauvaise humeur... tu sais...

— Garde tes états d'âme pour toi, alors, et ne fais pas tout pour passer pour une conne!

Heureusement, on vient. Les bruits de pas sur le chemin mettent un terme à la scène et Martin se tourne vers les nouveaux arrivants.

— Vous êtes le comité d'accueil? Bien. J'ai failli attendre... et le champagne aussi. Lequel est le maire Botalli?

Le plus maigre et fripé des trois avance en tendant une main que Martin serre avec suffisamment de vigueur pour faire grimacer son hôte.

— Bonjour, je suis Hermano Botalli, maire des trois villages. Et voici Celina Dardoni, membre du conseil. Nous sommes heureux de vous souhaiter la bienvenue dans notre belle région.

Martin ne semble écouter que d'une oreille. Il a déjà jaugé cette Celina : une femme qui n'aurait passé l'audition dans aucun de ses anciens bouibouis, et fait signe à Gérard d'ouvrir la bouteille. Celui-ci se fait un plaisir de faire sauter le bouchon, en observant sa trajectoire avec délectation, avant de remplir trois coupes.

Claris, cette fois en nus-pieds, déplie deux autres chaises vers la table et repart en boitant. Venus rejoint la voiture après avoir installé un parasol. Le maire et son bras droit, visiblement surpris par les manières de leurs futurs concitoyens, prennent place, le verre à la main.

— Je me nomme Martin Tesslard, commerçant au repos. Levons nos coupes dans l'espoir d'une excellente collaboration. Dès que nous aurons vidé cette bouteille, je vous prierai de nous guider dans le labyrinthe de cette jolie bourgade, afin que nous découvrions les maisons que j'ai...

que nous avons achetées.

Les autorités n'en sont qu'à leur première dose, que Martin se verse déjà l'ultime goutte de champagne. Il la boit cul sec et se lève.

— Bon assez flâné : allons-y!

Hermano et Celina, médusés et dépassés, imitent l'arrogant personnage presque malgré eux. Tout ceci ne laisse rien présager de folichon!

Seul un petit groupe se met en marche, pour arpenter les ruelles ombragées. Le premier 4x4, conduit par Venus, suit. En retrait de quelques mètres, le moteur ronronne souffrant du bas régime. Malgré la demi-vitesse, le gros moulin peine à rouler au pas.

Le maire tente de reprendre pied, malgré la bizarrerie de la situation.

— Monsieur Tesslard, je vous envie! Comment pouvez-vous déjà être au repos? Vous me paraissez bien jeune, à la fleur de l'âge. Votre commerce devait être bien rentable... et dans quelle branche?

— Des affaires, mon cher : celle des affaires, dans toutes sortes de domaines. Mais, cela n'a plus d'importance.

— Oui, carpe diem.

— Non, non, je n'ai jamais touché aux poissons!

— Ha! Très drôle... Et vous avez rencontré les divers acheteurs en chemin? C'est une sacrée coïncidence d'avoir pu presque tous vous retrouver ici le même jour. Mais, ils auraient pu venir avec nous. Chacun pouvait visiter sa propriété dans la foulée.

— Oh! Ça n'est pas nécessaire. Ce sont des amis, et ils me font totalement confiance.

Un malaise s'insinue dans l'esprit du maire : il n'était pas question d'une vente à un promoteur ni à une communauté. Ce point a été négligé. Le spectre de la présence d'une secte lui glace momentanément le sang. Mais, il n'y a plus moyen de faire marche arrière!

Après avoir jeté un œil à la vingt-deuxième et dernière maison du premier village, Martin, en sueur, ordonne une pause. Avec le plan de cadastre annoté, il va se réfugier dans son 4x4 équipé de l'air conditionné, laissant les autres se dessécher dans le courant chaud de ce début d'après-midi estival. Il ne ressort du véhicule qu'après vingt longues minutes. Il semble être de mauvaise humeur.

— Il n'y a presque pas de bande passante, ici. Vous ne l'aviez pas stipulé dans le contrat!

Le maire Hermano hésite un instant. D'une certaine manière, il ne serait pas si mécontent que ce client fasse machine arrière et reparte d'où il est venu. Mais, ceci ne serait pas forcément la meilleure manière de sauver le village de la désertion.

— Euh! C'est vrai. Je dois admettre qu'ici personne n'y attache beaucoup d'importance. Nous vivons assez bien le fait d'avoir une communication minimaliste.

— Bon! Je note : poser l'antenne satellite d'urgence. Gérard, viens par là! Tiens : prends cette liste et ce croquis. Que ces gens-là s'installent en fonction des numéros des bâtisses qui leur sont attribuées.

En fin de journée, le tour des trois villages est bouclé au pas de charge. À part celui que tous appellent "chef" — lequel est le seul avec Venus et Claris à n'avoir plus fait la suite de la visite à pieds —, tout le monde est fourbu.

— Bien, voilà qui est fait! Hermano, mon cher, je vais provisoirement m'installer dans la plus spacieuse habitation. Elle est aussi la plus correcte. Mais, rassurez-moi, le château fait bien partie du lot, n'est-ce pas?

Le maire fait de grands yeux étonnés.

— Oui, tout à fait. Il est en très mauvais état. Les poutraisons sont à moitié pourries. Les risques d'effondrement sont énormes. Le mieux serait d'éviter de s'y aventurer. Il y a trois ans, la dernière famille avec de jeunes enfants nous a quittés suite à un accident. Le gamin était imprudemment allé jouer au chevalier dans la vieille tour.

Martin en levant le nez, laisse promener un regard rêveur sur les ruines qui surplombent les trois bourgades. Puis, il se tourne vers le maire.

— Je vais le restaurer pour y habiter!

S'ensuit une période bien difficile. La population a plus

que quadruplé en un jour, et les nouveaux arrivants n'ont rien de commode. En réalité, les Autochtones réalisent rapidement que c'est toute une armée de bandits qui vient d'envahir leur paisible existence. La rudesse des conditions de vie, tant décriée il y a peu, est maintenant regrettée tel un paradis perdu.

Très vite, la terreur règne, empêchant toute quiétude. Pire, les habitants valides sont même enrôlés de force dans les travaux de reconstruction et rénovation du château et des maisons des lieutenants du gang Tesslard.

Il n'y a plus de maire, plus de comité régional, plus de votations ni consultations. Martin, autoproclamé Baron de Missemuli, a pris "l'affaire en mains". Ça le fait rire, parce que quand il a dû fuir sa ville, pour ne pas être abattu par un rival plus puissant, il en était aussi LE baron de la drogue!

Une antenne parabolique trône toute au haut du donjon, Martin Tesslard mène son business bien au-delà des frontières du pays, sur le "blacknet". Il discute avec ses partenaires, ou transmet ses ordres par cellulaire et via satellite, mais il maintient les trois villages sous une férule digne du moyen-âge.

Pendant plus d'une année, Missemuli se plie sous le joug d'un psychopathe desinhibé, à qui personne ne résiste.

Ça n'est qu'en septembre de la deuxième année depuis l'invasion, qu'une lueur d'espoir se présente, en apparence fortuitement, dans un bien sombre décor.

Martin, dans les bulles de son jacuzzi, entouré de ses deux poupées préférées, Venus et Claris, est subitement dérangé par la voix d'Armand sortant du haut-parleur.

— Chef…

— Maître, putain! Combien de fois dois-je te dire de ne plus m'appeler "chef", mais maître… ou Sa Seigneurie?

— D'accord, maître! En attendant, nous avons de la visite.

— Merde! Quel genre? Des grosses bagnoles? Serait-ce Guillaume, ou ses sbires? Sonne l'alarme, bordel!

— Ça ne sera pas nécessaire ch… maître : il s'agit apparemment d'une famille. L'ancien maire assure que ce sont des gens qui ont aussi acheté une maison, mais qui n'ont pas pu venir tout de suite.

— Hum! On pourrait les chasser. Si on le fait, ils

pourraient faire du foin. Les liquider serait plus simple. Attends, pour l'instant, laisse-les poireauter en dehors des limites. Je vais sur la terrasse de ma tour. Fais-les tous sortir de leur véhicule, et tu alignes. Je veux voir leurs trombines.

Cinq minutes plus tard, seul entre deux créneaux du donjon et l'œil collé à la longue-vue qui y est installée en permanence, Martin glousse.

— Oh, oh! Jolies gazelles. Voici de la viande fraîche et très appétissante... Ça me changera d'avec mes deux greluches habituelles... trop habituelles.

Gérard est en bas et observe la réaction de son chef... de son maître le baron. Contre toute attente, il reconnaît le geste : on lui ordonne de laisser passer.

Le couple et ses deux ados retournent dans le van pour avancer à moins de dix kilomètres-heure, au cœur de la première bourgade.

Quelques minutes s'écoulent, avant que le baron — lui-même et en personne — n'aille rejoindre les nouveaux arrivants. Dans son plus beau costume — celui qui lui donne l'air d'être un sympathique... maquereau —, il a ses cheveux gominés de frais et son sourire se veut accueillant autant qu'il lui est possible de l'être.

— Ah! Mes chers, mes chers! Quel plaisir de vous souhaiter la bienvenue en mon domaine ! Cela fait longtemps que nous n'avons plus bénéficié de l'arrivée d'habitants supplémentaire. En plus, vous formez une si jolie famille!

En retrait, le maire, mais également Celina et un groupe de citoyens originels, assiste à la scène avec un certain effroi. Muselés par les nombreux gangsters qui les entourent, leurs visages traduisent cependant toute la commisération qu'ils ressentent envers ces nouveaux venus. Les pauvres semblent véritablement inconscients du traquenard dans lequel ils se sont fourvoyés.

Pire, Martin qui doit totalement ignorer le sens des mots tels que "finesse", ou "subtilité", persiste dans sa pathétique comédie.

— Je crois que pour des gens de votre qualité, une

maison, ici, vous est particulièrement indiquée. Elle est spacieuse et récemment rénovée. J'y ai habité moi-même, pendant les travaux dans mon château.

Les parents hochent simplement la tête.

Le "baron" claque des doigts en direction de Gérard, lequel prend immédiatement le volant du 4x4 de Sa Seigneurie.

— Si vous voulez bien, je vais passer devant et vous me suivrez jusqu'à la résidence. Vous verrez : vous n'allez pas regretter votre déplacement.

Oubliée de tous, Venus observe la scène à travers la longue-vue du donjon. Sa mine trahit davantage qu'une simple désapprobation. Le cinéma que fait son "chéri" réveille en elle de profondes blessures. Que n'a-t-elle pas souffert dans son existence? Abusée, elle a dû sacrifier le peu qui lui restait encore de dignité pour être, au moins, dans le sérail d'un chef de gang. Or, à présent, il est évident qu'il en a après les deux jeunes donzelles. Il voudra les croquer, autant la mère que la fille! Et ensuite, qu'adviendra-t-il d'elle? Une pauvre Venus, usée jusqu'à la corde, et juste bonne pour être la traînée de quelques laquais de deuxième zone?

L'atmosphère change dans la baronnie : où donc est passée l'agressivité permanente qui s'est installée depuis près de deux ans?

Martin est comme sur un nuage. Ses lieutenants et les sous-fifres ne vont pas s'en plaindre. Claris a l'air soulagée, le "maître" lui fout la paix. Par contre, il en va tout autrement de sa coéquipière et complice érotique. Venus fulmine. Elle aurait préféré que les intrus soient des membres d'une bande rivale, qu'il y ait une guerre des gangs ouverte et sanglante. Au lieu de cela, un danger bien plus sournois plane sur son micro-univers.

Pourtant, la famille fraîchement installée paraît parfaitement inoffensive. Contre toute attente, et par une mystérieuse alchimie, leur attitude si fragile les rend quasi intouchables. Qui aurait pu imaginer qu'aucun type de cette faune sans foi ni loi, sans morale ni scrupules, ne soit tenté d'agresser l'une des deux femmes? Mais personne, à part les Autochtones, ne semble s'en étonner.

Arielle, Dani, Sophia et Merlin, mère, père, fille et fils sortent peu de leur résidence; non pas qu'ils se sentent menacés quand ils en quittent le cocon, que ce soit en solitaire ou en famille. La cause de leur attitude casanière est liée à des activités strictement privées. Leur cave, à l'insu de tous, s'est transformée en véritable laboratoire. Entre alchimie et physique quantique, les expériences s'y succèdent, les installations sont testées, les résultats préliminaires mesurés et répertoriés.

Tous les membres de cette famille sont des lève-tôt et des couche-tard. Des bosseurs comme on en rencontre peu dans une vie dite normale. Or, un soir crucial, juste après le repas, Arielle peut annoncer :

— Nous y sommes, mes chers. Cette nuit, nous pouvons enclencher la procédure!

Au petit matin, comme un signal de renouveau, une pluie fine vient enfin abreuver les jardins et les cultures assoiffées. Les oiseaux pépient à tout va, exprimant probablement leur joie de retrouver insectes et vermisseaux dans la terre ameublie par les gouttes de vie. Or, on entend que les volatiles et le faible ruissellement de l'eau sur les tuiles et dans les caniveaux.

Un silence inhabituel règne dans les ruelles. C'est le manque de bruits de moteurs, de cris injurieux et d'autres signes d'activité qui réveille les habitants des trois bourgades. D'abord méfiant, on se risque à jeter un œil entre les persiennes. Puis, une voisine ose entrouvrir un volet. Des têtes se penchent même au dehors des fenêtres. Un bon quart d'heure passe, avant qu'un autochtone particulièrement téméraire franchisse le seuil de sa porte, alors qu'aucun brigand ne le lui a ordonné.

Mais subitement, tous se crispent : des voix s'élèvent dans la rue menant au deuxième village. On se détend à nouveau, car dans le virage apparaissent Arielle, Dani, Sophia et Merlin en pleine discussion.

Par réflexe, la population se terre dans l'angle le plus

sombre d'une pièce. Or, il ne se produit toujours aucune catastrophe. Aucun gangster ne vient mettre un terme à cet excès de joyeuseté!

Au contraire, Merlin se retourne dans l'allée pour encourager une foule qui avait suivi la famille à une distance prudente. Dani place ses mains en porte-voix :

— Ohé, la population! Ohé! Vous pouvez tous sortir sans crainte : ils ne sont plus là!

Incrédules, tous se décident à rejoindre la fontaine de la Grand-Place. Il pleut toujours un peu, mais les gouttelettes sont tièdes, et il est tellement agréable d'être mouillé quand il s'agit de faire la nique aux longues périodes de sécheresse.

Le rire insouciant de Sophia, la jeune fille, éclate en même temps qu'apparaît un arc-en-ciel.

— Allez, approchez! Il n'y a plus rien à craindre. Vous ne trouverez plus un seul bandit dans la région. De plus, cela ne signifie pas la fin des villages, mais un nouveau départ. Plusieurs de nos amis sont en chemin, et, croyez-moi, ils sont d'une nature à l'opposé de celle de Martin et de sa troupe!

Le maire élu, tremblant de toutes les émotions accumulées, vient serrer des mains. Ahuri, et peut-être en état de choc, il ne peut s'empêcher de lancer des regards inquiets aux alentours.

Il ne peut pas savoir que, même si les gangsters étaient encore dans les parages, ils y seraient invisibles et définitivement mis hors d'état de nuire : car exilés dans une autre dimension, grâce à un appareil bricolé dans la cave d'une résidence par un charmant couple fraîchement arrivé... d'une lointaine planète.

12

Mila

Avec l'âge, on apprend à traverser les deuils comme s'il ne s'agissait plus que d'une succession de bancs de brouillard. Il en va ainsi pour ce qui nous entoure, pour notre propre corps, et pour ce qui l'habite.

Combien de temps me reste-t-il à vivre? Je l'ignore. Ce que je sais se résume à bien peu de chose. Depuis assez tôt dans ma jeunesse, les aléas amoureux m'ont permis de comprendre que je n'exerçais pas une attirance particulière sur les filles que j'adorais. Le physique de star, la dégaine charmeuse, le regard qui fait verser, non, manifestement ces attributs-là ne m'étaient pas dévolus.

On peut très bien se débrouiller sans artifice! Oh! Bien entendu, des concessions étaient inévitables... Ça n'avait rien de dramatique. Les traumatismes résiduels sont relativement légers, et je n'ai pas connu que des frustrations, non plus. J'ai embrassé maintes compagnes des plus craquantes... et plus, avec entente. Il est vrai que les filles dont je rêvais le plus ardemment trouvaient toujours moyen de s'acoquiner avec d'autres que moi. C'est ainsi. Anne, une merveilleuse noiraude, est sortie avec le pire oiseau du bled. Il l'a mise enceinte... et l'a laissée tomber dès qu'il a appris la nouvelle. Janine, elle, n'a même jamais su à quel point j'adorais être près d'elle. Mais il y avait plus humiliant : celles qui n'auraient surtout pas envisagé qu'un type comme moi en pince pour elles. Malgré tout, dans l'ensemble, je ne me plains pas : j'ai tout de même eu la chance de pouvoir aimer et être aimé... un peu, ou beaucoup, mais jamais "à la folie", comme j'y aspirais.

Aujourd'hui, toutefois et avec le recul, il n'y avait, là, rien d'aussi grave que je le croyais sur le moment. J'ai, une fois ou l'autre, bien songé au suicide. Cependant, l'évidence de l'absurdité de perpétrer un geste à ce point irréparable pour, somme toute, une "histoire qui ne se passait que dans ma tête" m'avait fait renoncer à de tels extrêmes. Entre seize et vingt ans, certains événements peuvent prendre des proportions parfaitement exagérées. Aujourd'hui, j'en ris. Toute aigreur ou rancœur s'est dissipée, je repense même à quelques vieux chagrins en éprouvant de l'attendrissement au souvenir de ma naïveté, de ma manière si entière de considérer les sentiments. Oui, dans le fond c'était "joli", et maintenant c'est devenu "amusant". Je crois qu'au moment de ma mort, mes élans amoureux vont revenir flotter dans ce qui restera mon esprit — du moins durant les dernières secondes —, et me permettront de quitter ce monde dans un souffle d'humour.

Enfin : je radote, je radote. Voilà : je ne suis plus qu'un croulant. Mais, je n'aurai pas espéré en vain, finalement. Car aujourd'hui, j'ai Mila! Crème de la crème : l'absolu féminin… selon mes critères.

Attendez, ne fermez pas ces pages, vous allez comprendre.

Imaginez une beauté elfique comme on en voit généralement uniquement dans les films : fine et souple, perspicace et cependant douce, harmonieuse dans ses moindres gestes et pourtant dotés d'une incroyable vitalité, un sourire renversant qui se mue en sévérité s'il le faut. Elle est venue à moi tel un rêve concrétisé : d'allure pas trop jeune, avec ses rides d'expressions et sa longue chevelure argentée. On peut facilement la considérer comme une splendide reine dans la cinquantaine. Quand ses iris gris me visent, j'en reste toujours pantois, encore actuellement, malgré les cinq ans que nous avons déjà passés ensemble.

N'importe qui d'autre aurait quitté le navire dès les premières semaines, j'en suis certain! Jamais personne n'aurait voulu s'occuper d'un vieux débris avec autant d'attention. Pensez donc! Pour commencer l'incontinence, puis toute une cascade de problèmes de santé — parfois particulièrement sérieux —, mes pertes de mémoire, de cheveux, de dents, et mes articulations douloureuses…

Non, non. Personne n'aurait tenu le coup... du moins parmi celles que j'ai rencontrées avant.

Avec Mila, j'ai tout en une. Elle est mon infirmière, dermatologue, nutritionniste, hygiéniste, ergothérapeute, masseuse, psychothérapeute, et surtout... mon adorable maîtresse. Ne vous moquez pas! J'ignore ce qu'elle ajoute occasionnellement dans mes repas ou mes boissons. Quoi qu'il en soit, cela fonctionne : elle parvient à me redonner une virilité du tonnerre, de temps à autre.

Bref : elle est simplement fan-tas-tique!

À ce propos, je ressens la montée d'un titillement caractéristique. Mila, qui perçoit tout, s'approche de moi et contourne le canapé sur lequel je suis installé, pour me poser les paumes de ses mains sur chacune de mes épaules. Immédiatement, un feu de tendresse m'irradie. Je le sens jusque dans les orteils... par contre, je ne vous préciserai pas où cela se manifeste au maximum. Les mains magiques quittent mes clavicules, ma fée vient s'asseoir contre moi, sur le sofa. Ses jolis doigts me caressent d'abord les joues, puis se placent un instant sur mon plexus, ensuite descendent plus bas... et glissent là où tout se concentre déjà!

Cinq minutes plus tard, Mila se cramponne au dossier rembourré du siège, pour me permettre de pleinement profiter de sa délicieuse physionomie. Le miracle se reproduit. Une fois de plus, dans la douceur et la chaleur, il m'est donné d'accomplir un acte dont je jouis comme s'il était le seul et le dernier de mon existence.

Mila, Mila, ma tendre reine d'amour!

À ce stade, une quelconque partenaire m'aurait laissé là, et serait probablement partie se doucher, déçue d'une performance toute relative. Il n'en va pas ainsi avec ma belle. Elle achève le rituel en s'assurant de m'avoir véritablement prodigué tous les soins... tous.

Cela est-il encore possible à mon âge?

Il semblerait bien. Mais, apparemment, uniquement avec la précieuse collaboration d'un ange gardien très particulier!

L'ambiance n'est brisée que par une intervention externe : on sonne à la porte.

Avec son efficacité légendaire, Mila est déjà prête à aller ouvrir au cheveu qui tombe dans la soupe! Alors qu'elle s'apprête à le faire, elle se ravise et, en trois secondes, m'aide à retrouver une allure descente.

Quelques minutes plus tard, mon amie Corinne entre au salon avec son habituelle moue renfrognée et désapprobatrice.

— Salut mon vieux!

— C'est ça : remue le couteau dans la plaie!

— Avoue que tu l'as bien cherché. Tu ne te rends pas compte, mais ça jase autour de toi. Je dois être une des rares visites qui te reste. Crois-tu vraiment qu'il soit intelligent de continuer ainsi?

— Ma chère, as-tu une proposition personnelle à me faire?

— Arrête, s'il te plaît! Tu sais très bien que ce que tu fais est inacceptable sur le plan éthique : tu bafoues tous les principes du respect de la femme!

— Ha! Nous y voilà. Voudrais-tu m'épouser, et me faire abandonner Mila, afin que tu puisses devenir mon infirmière-masseuse-cuisinnière-femme-de-ménage-amante à sa place? Car dans mon état, il ne faut plus compter sur moi pour le partage des tâches.

— Tais-toi. Tu es encore plus fou que je ne le pensais!

— Pourtant, il y a quarante ans, j'étais très amoureux de toi. Qui sait, nous aurions peut-être été comblés ensemble.

— Que racontes-tu là? Tu ne m'as jamais rien dit.

J'éclate de rire, mais reprends sur un ton plus sérieux :

— ... Et ça n'aurait servi à rien, bien sûr! Car, à voir les mecs que tu choisissais, il était évident que je n'étais pas dans tes standards. Non vraiment, comme beaucoup de tes semblables, tu es très mal placée pour me faire des reproches. En plus, réfléchis avant de monter sur tes grands chevaux. Tu parles de respect de la femme. Or justement, crois-tu sincèrement qu'accepter l'idée d'être une charge quotidienne pour quelqu'un qui vous aime soit "éthique"? Non : bien au contraire!

Heureusement, pour mes contemporains, le privilège d'une fin immergée dans une certaine béatitude va se généraliser. Et cela sans devoir asservir une compagne ou un compagnon.

Mon interlocutrice, ne trouvant pas de contre-argument dans l'immédiat, Mila profite du court instant de silence pour intervenir.

— Je vais faire du thé. Vous en voudrez bien une tasse?

Corinne sursaute et, prise au dépourvu, répond en oubliant son attitude hostile.

— Heu! Oui, merci.

Mila retourne en cuisine, et, sourire aux lèvres, je continue sur ma lancée.

— Vois-tu, si j'avais pensé manquer de respect envers les femmes en ayant opté pour Mila, elle ne serait pas ici en ce moment. Mon choix a été mûrement réfléchi, quand il a fallu que je me décide voici bientôt cinq ans.

Les services médicaux et sociaux ont atteint une qualité inespérée dans leur quête d'économie, et ce sont eux qui m'ont encouragé à m'inscrire sur la liste des demandeurs. Aujourd'hui, je peux te l'affirmer : il n'y a aucun regret ni l'ombre d'un remords à avoir signé les papiers. Au contraire, je m'en voudrais de mettre à contribution une femme qui, en plus et en finalité, devrait souffrir de chagrin lors de mon décès.

Au milieu du vingt et unième siècle, nous, les vieillards, sommes nombreux. Si les interventions, multiples et variées, avaient dû être prodiguées selon les méthodes d'il y a dix ans, l'argent aurait manqué. Soins à domicile, infirmières et infirmiers itinérants, hospitalisations et soins palliatifs, toutes ces prestations cumulées ne seraient, financièrement, plus envisageables.

Il fallait un plan B! Avec l'avènement de l'intelligence artificielle, les perfectionnements en miniaturisation et en microélectronique, la fabrication d'un androïde sur mesure revient moins chère que l'engagement d'une multitude de salariés, effectuant chacun une seule des nombreuses disciplines que nécessite la gériatrie durant des années.

J'ai eu de la chance. Je suis de la deuxième vague des essais. J'ai même bénéficié d'une ordonnance de mon psy, pour que l'on me procure un modèle à l'esthétique spécifique. Ma santé mentale l'exigeait : j'allais sombrer dans une dépression qui aurait coûté une fortune aux caisses publiques! Aussi, les concepteurs ont reçu les données concernant mon profil psychologique et ont établi un portrait-robot de compagne idéale selon mes indications.

Au moment où Corinne allait tenter de répondre, Mila entre avec un plateau chargé d'une théière, de deux tasses et d'une coupelle de gâteries.

— Voici pour vous. J'ai vite confectionné quelques pâtisseries, en pensant que cela vous plairait. Je n'y ai pas mis trop de sucre, parce que ce n'est pas très bon pour mon chou.

Corinne reste bouche bée, alors que Mila vient s'asseoir toute contre moi dans le grand fauteuil. Ma fée fait un petit geste d'excuse, tout en nous servant le thé :

— Oh! Mais pardonnez-moi, si j'ai interrompu votre discussion.

Je lui souris.

— Non, ma belle, nous parlions simplement de toi... et du respect envers les femmes.

En face, Corinne se cache derrière sa tasse et boit en silence.

Ma main ridée s'égare sur la joue de ma compagne, dans une caresse qui me donne un frisson d'aise.

— Vois-tu, quoi qu'en disent les mauvaises langues, je peux finir mes jours en nageant dans le bonheur le plus total, en compagnie de ma merveilleuse gynoïde. Bien sûr, il y a une part d'émotions revancharde dans cette manière de vivre. Il est vrai que les déceptions amoureuses n'auront pas manqué, tout au long de mon parcours affectif. Ce qui m'importe est de laisser la mélancolie à sa place : loin derrière moi, dans le passé. Mila, elle sera là, au moment de ma mort, à l'instar de la Dulcinée de Don Quichotte. J'apercevrai mon visage se refléter dans ses yeux gris comme des miroirs. Le sien, souriant de toute sa beauté, sera entouré de ses mèches en cascades d'argent. Mila ne ressentira aucune souffrance, aucune tristesse, ainsi, je partirai le cœur léger et pourtant comblé.

Silencieusement, Corinne continue de siroter son thé.

Laissant ma vieille cervelle être submergée par un lyrisme proportionnel à la montée de tendresse, je cavalcade sur ma lancée :

— Mila… Mila: ma douce reine d'amour! Comme pour Don Quichotte, tu es ma Dulcinée… et je suis aussi ton Quasimodo, ô, Esmeralda de toutes mes aspirations!

Une larme de pure joie emprunte le sillon d'une ride, et coule lentement, pour atteindre mon menton.

Conception, mise en page et illustrations:
Alex de Kburg
AdK©2019
Laboratoire de l'Art Visionnaire Narratif

www.visionnart.ch
info2@visionnart.ch

Commandes directes chez l'imprimeur:

Du même auteur:

Le MANIFESTE de l'ART VISIONNAIRE NARRATIF*			1993
Vers de ma pomme *			1995
Pour un touchant regard		Braille*	1996
LE guide du tourisme intergalactique		réédition	1999
Billets Doux	nouvelles	réédition	1999
LE TIGRE DE PAPIER		tome 1	2017
LE TIGRE DE PAPIER L'Ordre		tome 2	2017
LE TIGRE DE PAPIER Autres		tome 3	2017
LE TIGRE DE PAPIER Au-delà		tome 4	2018
1001 Maximes d'Alex		poche*	2019
Les invisibles	nouvelles		2019
La doline	roman		2019

* Parus hors éditions AVN

Parus aux Editions AVN:

Mémoire du Jorat

Textes de **Mousse Boulanger**
et récits recueillis par Claire-Lise Gilliéron   Epuisé
Commandé par les Municipalités du Jorat VD

KrummenHacker (1958 - 2018)

Bienvenue en Acratie   **AVN 20**   Roman
ISBN: 978-2-9700229-8-5
Réédition du tome 2

L'Acratie c'est assez!   **AVN 19**   Roman
ISBN: 978-2-9700229-9-2
Tome 3

Confederatio Acraticae   **AVN 25**   Roman
ISBN: 978-2-940611-06-5
Tome 4

Le tome 1 *Voyage en Acratie* paru en auto-édition,
peut aussi être commandé aux éditions AVN.

www.ingramcontent.com/pod-product-compliance
Lightning Source LLC
Chambersburg PA
CBHW071440260626
47170CB00008B/2785